庫

俳句の宇宙

長谷川 櫂

中央公論新社

俳句の宇宙　目次

本文組　細野綾子

俳句の宇宙

天地は大美あれども、もの言はず。
四時《しいじ》は明法あれども議さず。
万物は成理あれども説かず。
聖人は天地の美にもとづきて
万物の理に達す。
これ故に至人は無為で
大聖は作《な》さず。

荘 子

序章　自然について

I

時間がたつにつれて、わからなくなってしまう句がある。

古池や蛙《かわず》飛《とび》こむ水のおと

この句を初めて聞いたとき、芭蕉という人は、いったい、何が面白くてこんな句をよんだのだろうと不思議に思った。

古池にカエルが飛びこんで水の音がした――なるほど、一通りの意味はわかる。「自然に閑寂な境地をうち開いている」[1]（山本健吉）といわれれば、そうか、とも思う。しかし、芭蕉は何か別のことを言いたかったのではないか。通常の解釈では、芭蕉自身の言葉を借りれば「俳意たしか」[2]でないように思う。

子規は「古池の句の弁」[3]という文章の中で、この句について「古池に蛙の飛び込む音を聞きたりといふ外、一毫《いちごう》も加ふべきものあらず」といさぎよく書いているが、それだけではなさそうだ。

この句は貞享三年（一六八六年）の春、深川の芭蕉庵で催された蛙の句合せに出された句らしい。

弟子の各務支考の『葛の松原』[4]をよむと、芭蕉はカエルが水に飛びこむ音をききながら、まず「蛙飛こむ水のおと」を作った、すると、その席にいた其角が上五は「山吹や」がいいのでは、とすすめたが、芭蕉は「古池や」にした——という。山吹か古池か、その席で議論があったことも書いてある。

其角が山吹をすすめたのは、

かはづなくゐで[5]の山吹ちりにけり花のさかりにあはまし物を

などの『古今集』の歌などを思い浮かべたからだろう。

山吹といえば蛙の声、蛙の声といえば山吹をもってくる和歌の凝りかたまった伝統に対して、山吹に蛙の声ではなく、蛙が水に飛びこむとぼけた音をぶつけて大笑いしようとしたのだろう。あの蛙、『古今集』の歌のように鳴きはしないで飛びこんだ、と。

このとき、其角は和歌の言葉の因襲を批判する立場に立っている。

確かに、上五に山吹をもってくれば、それに続く「蛙飛こむ水のおと」は、山吹には蛙の声という決まりきった古臭い取り合わせへの痛烈な批判になる。これが、この時点で其角が考えていた俳諧というものだったに違いない。ほかの弟子たちもこれに近い考えだったろう。

それに対して、芭蕉が其角の進言をいれず、古池をもってきたのは、其角たちが考えていた当時の俳諧というものを、やはり一歩、前へ進めようとしたからではないか。一六八六年春の芭蕉には、すでに、因襲へのあらわな批判もひとつの因襲と映っていたのかもしれない。芭蕉は其角や以前の自分自身の俳諧に対する考え方を批判しようとしたのではなかったろうか[6]。

そこで芭蕉は和歌のように「かはづなくゐでの山吹」とも歌わないが、其角のように「山吹や蛙飛こむ水のおと」としようとも思わない。因襲にとらわれるのでもなく、因襲を真向こうから批判するのでもない。そのどちらも超越した不思議な新しい空間に「古池や」という言葉はある。

古池の句は、和歌やそれ以前の俳諧に対する芭蕉の創造的批判の句なのだ。

古池の句が本来もっていたはずの、このような意味合いは、和歌の因襲を意識した当時の俳諧という「場」に、この句を一度、おき直してみなければ、よく見えてこない。

当時の俳諧の「場」とは具体的には、一六八六年春の深川芭蕉庵での蛙の句合せの席だ。そこは、其角が芭蕉に進言したり、それをめぐって議論がたたかわされたりする活気に満ちた「場」だった。

この句を初めて読んだとき、何かもどかしかったのは、古池の句をとりまいていたはずの当時の「場」の大半が、『古今集』の歌も、其角の進言も、山吹も、長い年月のかなたに飛び去ってしまっていて、即座に芭蕉や其角たちがいた「場」に参加することができなかったからだ。支考の『葛の松原』に出会わなければ、このもどかしさは、いつまでも解けなかっただろう。腕だったか顔だったか乳房だったのか、これてわからなくなってしまった古代の彫刻のように。

芭蕉の古池の句は、もともと当時の俳諧という「場」に深く根ざしたものだった。時間とともに、その「場」が失われてしまうと、この句が本来もっていた和歌や当時の俳諧に対する創造的批判という意味が見えなくなってしまった。

そして、残ったのは、古池にカエルが飛びこんで水の音がした——ただ、これだけである。

このような意味でなら、子規の「古池に蛙の飛び込む音を聞きたりといふ外、一毫も加ふべきものあらず」という言葉もうなずける。

それではなぜ、「古池に蛙の飛び込む音を聞きたり」という部分だけが残ったのか。

それは今でも芭蕉の時代と同じように古池がありカエルがいるからである。

当時の俳諧という「場」が時間のかなたに失われてしまうとともに、そこに根ざしていた古池の句の創造的批判という部分は消えてなくなってしまったが、古池やカエルのような今も変らずにある自然という「場」に根ざした部分だけは残った、といえないだろうか。

いずれ、すべての言葉がたどる運命なのだろう。こういう言葉の風化は、やすらぎがあっていい。

芭蕉はここまで予想していただろうか。

2

古池の句は、俳句には十七字の言葉のほかに、言葉にならない「場」というものがあって、俳句の言葉は「場」を前提にしているということを教えてくれる。

そして、俳句がわかるには、俳句の言葉がわかるだけでなく、その俳句の「場」がわからなければならない。俳句の「場」に参加しなければならない。いいかえると、俳句が通じるためには、作り手と読み手の間に「共通の場」がなければならない。

俳句にとっては言葉と同じくらい、言葉以前の「場」が問題だ。そして、俳句を読むということは、その句の「場」に参加することなのだ。

これは俳句が十七字しかないところから来ていると思う。

仮に小説のように長ければ、言いたいことをすべて言葉にできる。ところが、俳句は短いから、それができない。当然、言わない部分が多くなる。作り手と読み手の間に黙っていてもわかり合える「共通の場」がなければならない、ということになる。

しかし、むしろ、逆にそういう「共通の場」があったからこそ、俳句という短い文芸が生まれた、と考えた方がいい。

古池の句で、其角が山吹を進言したのは『古今集』の歌が念頭にあったからだ。『古今集』や『伊勢物語』『源氏物語』のような古典は、当時の俳諧の座に連なるほどの人なら、だれでも十分に読みこんでいただろう。そういう席では、前提となっている古典をいちいち言葉にしておく必要はないし、言葉にしたりするとかえって野暮ったい。黙っていた方がいい。

人々の間のこの暗黙の濃厚な「共通の場」を最大限に生かそうとしたとき、発句という短い詩の形式が生まれたのではないだろうか。

俳句は仕方なく短いのではなくて、進んで短くなったのだ。

さらに、俳句が「場」に根ざしているというこの特質は、つきつめてゆくと、言葉自体の性質に行きつくだろう。

言葉は、会話のように、はっきりした具体的な「場」のあるところでは、短くても、いきいきと躍動する。しかし、法律や数学の文章のように「場」を排除した抽象的な次元では、ただの記号になってしまう。

もともと言葉自体が「場」に深く根ざしているのだ。

こういう言葉の性質を積極的に活かそうとするところに、俳句のような短い文芸が成立しているともいえるだろう。

3

俳句は「場」の文芸である。

そして、俳句の言葉は「共通の場」がある限り、いきいきと動くが、それがなくなると通じなくなる。

これは昔の句ばかりでなく、今の俳句も同じだ。

桔《きち》梗《こう》の花の中よりくもの糸

高野素十のこの句をよむと、小さいころよく遊びに行った母の生家の庭を思い出す。そこには祖母が作っていた花畑があって、手入れの行き届いた畝《うね》ごとにスイセンやキンギョソウ、ケシ……そのほか名前のわからない草花がたくさん植えてあった。キキョウもあった。

雨あがりの畝の間にしゃがんで、細いクモが雫にたわんだ草の葉から草の葉へ濡れたかすかな糸を張るのを、ずっと見ていたことがある。

素十のこの句を初めて見たときから、よくわかったのは、そんな少年の日のキキョウやクモの記憶があって、素十がキキョウを見ている「場」へすぐに行けたからだ。

確かに、この句を読むときは、古池の句のようにもどかしい思いをしたり、「場」を意識したりしないですむ。しかし、それは、この句が全く「場」に依存していないからではなくて、この句の「場」であるキキョウやクモのいる自然が今のところ、どこにでもありふれた空気のようなものだからだ。

安泰にみえても、今ある「場」が失われてしまえば、たちまちわからない句になってしまうという、あやうさの上にある点では、古池の句と変らない。

もし将来、キキョウという種が滅び、人々の記憶からも消えてしまう日が来れば、この句はだれにもわからない句になる。そのとき、人々は中身が死んで無くなった不思議な巻貝の殻をながめるように、この句の言葉をよむだろうか。

もちろん、キキョウの花がなくなることはないかもしれない。しかし、それはあるかもしれない。実際、祖母の庭は祖母がなくなったあとは荒れ果てて、いつのまにか、ただの砂地にならされてしまったのだから。

だが、そこまで考えなくても、キキョウの花を見たこともない外国人なら、たとえこの句の言葉が読めたとしても、何のことかわからないだろう。それと同じで、自然の破壊や都市化がこのまま進み、キキョウの花を知らない子供や大人たちが増えれば、この句の通じる範囲はそれだけ狭くなる。

4

このことは逆に考えると、この素十の句が立っているキキョウやクモのいる自然という「場」が、いかに強固な「場」であるか、ということでもある。

この句はキキョウやクモを知っている人ならだれにでもわかるし、またキキョウやクモが地上にある限り、半永久的に人々にわかる。

それは、この句が自然以外のものを何も「場」にしていないからだ。この句は『古今集』の歌のようなものを前提にしていない。また、この句が「ホトトギス」[7]の雑詠にのった昭和十年というと天皇機関説事件などがあって、日本がますます戦時色を強めていた時代だが、そのような時代背景からも完全に切れている。

この句が「場」にしているのは、日本に昔からあり、また、将来もあるはずのキキョウが咲きクモが糸を張る自然だけだ。この句の強さは、おそらく句の「場」から自然以外の不純物をすべて削り落としているところにあるのだろう。

芭蕉の古池の句も結局、残ったのは古池にカエルが飛びこんで水の音がした——という古い池にカエルがいる自然に支えられた部分だけだった。

これを言葉の風化と呼ぶとすれば、素十の句は作られたときから風化していた、素十は最初から風化した句を作ろうとした、といえるのではないだろうか。

どこにでもある自然だけを俳句の「場」にしようとしたこと——そこに子規以降、近代の俳句のひとつの巧知をよみとることもできる。

5

明治三十一年に書かれた子規の「古池の句の弁」は問答形式の長文で、古池の句の意義を問う客に子規が答えるというスタイルで進んでゆく。

その中で子規は、古池の句の前年の『野ざらし紀行』の句について、

> 句々なほ工夫の痕跡ありて、いまだ自然円満の域に達せず。芭蕉はこの時いまだ自然といふ事に気づかざりき。

と書いたあと、古池の句についてこういう。

> この際芭蕉は自ら俳諧の上に大悟せりと感じたるが如し。今まではいかめしき事をいひ、珍しき事を工夫して後に始めて佳句を得べしと思ひたる者も、今は日常平凡の事が直ちに句となることを発明せり。（中略）蛙が池に飛びこみしといふありふれたることの一句にまとまりしに自ら驚きたるなり。（中略）芭蕉は終《つい》に自然の妙を悟りて工夫の卑しきを斥《しりぞ》けたるなり。（中略）試みに前に列挙したる連歌以後幾多の句を繰り返し、この古池の句の如く自然なる者他にあるかを見よ。（中略）芭蕉が古池の句につきて感じたる処はこの自然にあり。彼がその後の方針を皆自然に向ひて進みたり。
>
> （中略）
>
> 蛙既に趣致ありとせば、鶯、鵑《ほととぎす》、雁、虫は言ふに及ばず、あらゆる事物悉《ことごと》く趣致を備へざらんや。芭蕉が蛙の上に活眼を開きたるは、即ち自然の上に活眼を開きたるなり。

子規はここで古池の句の特色を「自然」ということに求めている。

この文章をよんで気づくことは、この「自然」という言葉が何通りもの意味に使われていることだ。

まず、「自然の妙を悟りて工夫の卑しきを斥けたるなり」というときの「自然」は、句を作る態度としての自然であり、「自然に」という意味だろう。

次に「古池の句の如く自然なる者他にあるかを見よ」というときの「自然」は句の文体の「自然さ」。

そして、「蛙の上に活眼を開きたるは、即ち自然の上に活眼を開きたるなり」というときの「自然」は、いわゆる「自然界」のことだ。

どうとってよいのか迷うが、子規は結局、このすべてを言いたかったのではないか。子規の時代は、自然は「日常平凡の事」「ありふれたる事」だったし、その自然の中で句を作ることは自然だったし、そうしてできた句は自然さをたたえていただろう。そのすべてをひっくるめて「自然円満の域」といったのだと思う。

いずれにしても子規は古池の句の「場」として自然以外のものを認めようとしない。

虚子はもっと徹底していて、「古池や蛙飛こむ水の音[8]」という題の文章の中でこう書く。

それは春になつて、春もやゝ整つて来て、桜がほころびはじめ草木が芽を吹いて来る頃になると、所謂《いわゆる》啓蟄《けいちつ》の頃となつて、今まで地中にあつた虫が一時に活動をはじめる。蛙も亦《ま》たその一つである。沈潜してゐた古池の水も温みそめ、そこに蛙が飛び込む。そのことは四時循環の一つの現はれである。天地躍動の様である。芭蕉はその事のうちに深い感動を覚えた。

虚子は古池の句をほとんど自然讃歌、生命讃歌の句にしてしまっている。こういうことが起こるのも、古池の句の本来あった「場」が失われてしまっているからだ。

6

子規がことさら自然を強調するのは、この句の「場」から『古今集』の歌やそれに対する批判といったさまざまな不純物をとりのぞいて、この句の「場」を普遍的な自然だけに純化しようとしているのだろう。

その子規の心には、俳句をだれにでもわかる新時代の文学にしようという願いがあった。だれにでもわかるということは、さまざまな知識の前提なしに言葉さえ読めればわかる、いいかえると、書いてある言葉だけで独立した文学ということである。

そのためには、まず、俳句の「場」から『古今集』や『源氏物語』のような、それを読んだ人にしかわからない古典のたぐいを排除しなければならなかった。そして、その代わりに「日常平凡の」「ありふれた」純粋な自然をもってきたのだ。

子規は俳句の「場」をだれでも参加できる自然に塗りかえた。

子規の俳句革新というと、写生の提唱や月並みの否定といった表面だけが目立ちがちだが、それは何よりも前に「場」の革新だったということができる。

しかし、子規の俳句革新は近代文学としての俳句にひとつの課題を残すことになった。

それは、俳句の「場」を普遍的な自然に塗りかえたといっても、俳句が「場」に依存していることに変わりはないからだ。これは言葉だけで独立するという近代文学の理念と矛盾する。もっとも、子規の時代のように自然が「日常平凡」で「ありふれた」ものであるうちはこの矛盾はそう目立たなかった。

しかし、自然はもともと絶対的に普遍なのではない。

まず、俳句は日本語で書かれるから、「場」として通用する自然は日本語が根ざした日本の自然、広くみてもアジア・モンスーン地帯の自然に限られる。俳句の言葉がわかっても、日本の自然をよく知っていなければ、外国人に限らず日本人でも俳句はわからないということになる。

また、日本の中でも都市化や汚染にさらされた自然は、決して子規の時代のように「日常平凡」でも「ありふれた」ものでもなくなりつつある。特に都会に住む人は、自然の中で俳句を作ろうと思えば、たとえばカエルが水に飛びこむ音をきくにも、ちょっとした旅行をしなければならない。俳句はそういう自然に触れることのできる人にしかわからなくなりつつあるのではないだろうか。

そして、自然という「共通の場」が空気のようなものでなくなりつつあることは、俳句がもともと「場」に依存した文芸であること、読み手の方から「場」に参加してゆかなければ俳句はわからないことをしだいにはっきりさせてくるだろう。

自然は俳句が抱えこんだ近代の矛盾だ。だから、近代の俳句はたえず自然への執着と自然を拭い捨てようとする衝動を同時に秘めている。

自然への憧憬と反発。

この二つは近代の俳句の仲の悪い双子なのだ。

第一章　季語について

I

言葉はきのう咲いた朝顔のように色《いろ》褪《あ》せやすい。

人間の口から発せられる音声を植物の葉のイメージでとらえた昔の人の感覚の、なんと的を射ていることだろう。

ダンスを踊る二人は淡いピンクと黒の残像を曳きながら刻々と消えてゆく。言葉も目の前を踊りながら過ぎる人の残像のようなもの。生まれた瞬間から消滅し始める。

ただ、踊りは音楽がやみ踊り手が日常の動作に戻れば、たちまち消え失せてしまうが、言葉は——それがことに文字として書かれた場合には——緩慢な消滅の過程をたどる、という点が違うだけだ。

2

町中の山や五月《さつき》ののぼり雲

内藤丈草の句。

市街地の中にこんもりと繁る小山があり、空には上昇気流に乗った白雲が浮かんでいる。「のぼり雲」のとり方にもよるが、積乱雲がもくもくと成長するさまであるかも知れない。どちらにしても、ある地方都市の生気に満ちた夏の景色だ。眉山《びざん》のある徳島、臥牛山《がぎゅうさん》という城山のある村上、また、街の中に天守閣のそびえる松江や熊本にも、この句の感じがある。

「美濃の関にて」という前書きがある。関は岐阜県中部にある盆地の町。安桜《あさくら》山という山が町の中にある。山の中の町に来て、町の中の山をみる。

関が孫六のような名刀匠を生んだ鎌倉以来の鍛冶の町、刃物の町であることも、「五月《さつき》」を引き出すのに役立っていそうだ。五月五日の端午は、武家時代には尚武の日だった。丈草はもともと尾張犬山藩士。病弱だったため二十七歳で出家した人。この句は丈草の尚武の句であったかも知れない。

　ただ、よまれた時期が藩士のころか出家の後かで、句の心持ちは変わる。「町中の山」といい、また「五月《さつき》ののぼり雲」という言葉の勢いといい、若々しく気息の充実のうかがわれるところからすると、出家前の句かも知れない。しかし、それはそのまま、出家後の作とみても面白い。

3

　この句を見ていて困ってしまうのは「五月《さつき》」である。「五月《さつき》」、すなわち「皐月」は小苗《さなえ》月、五月雨《さみだれ》月。田を植え、梅雨の長雨に降り込められる陰暦の五月のことであり、太陽暦でいえば、ほぼ六月に当たる。[1]丈草の「五月《さつき》ののぼり雲」も太陽暦の五月ではなく、ほぼ六月の雨の気配を含んだ雲。

　さつきまつ花たちばなのかをかげば昔の人の袖のかぞする
　ほとゝぎす鳴くやさ月のあやめぐさあやめもしらぬこひもする哉[2]

このような古歌にうたわれた「さつき」も水気をたっぷりと含んだ重い言葉である。しかし、「さつき」というと、どうしても明るく軽快な太陽暦の五月を連想してしまう。学校では「皐月」は五月の古い呼び名として習うし、また、「さつき」という歯切れのよい響きが雨降り月に結びつきにくくさせているということもあるだろう。

もっとも太陽暦の五月、陰暦卯月に当たる時期も、昔は今ほど明るいばかりのイメージでとらえられていたのではない。天気に注意して暮らしていると、結構、雨の多い月であることがわかる。しかし、近代になって、おそらくドイツ文学などの、木々の花がいっせいに咲きそろう「美しい五月」[3]というとらえ方の影響で、日本の太陽暦五月のイメージは、おそろしく明るく楽しいものになってしまった。

その結果、「五月《さつき》」という言葉は、雨に降り込められる陰暦の五月と、明るく澄み渡った太陽暦の五月と、極端に隔たった二つのイメージを抱えこむことになった。五月雨《さつきあめ》、五月川《さつきがわ》、五月雲《さつきぐも》、五月闇《さつきやみ》などの「五月《さつき》」は早苗を取るころの、梅雨の、という本来の意味での「五月《さつき》」である。

しかし、この中でも「五月闇」という言葉は太陽暦五月の若葉のころの独特の暗さだと思っている人もいる。

「五月晴《さつきばれ》」という言葉も、もともと梅雨の晴れ間のことであったのに、今では太陽暦五月のころの快晴をたたえる言葉として、つかわれることが多い。こういう言葉は俳句を作る者としては、いくら正しいとは言っても今さら梅雨晴れの意味でつかう気はしない。かといって、太陽暦五月の快晴の意味でつかってもすわりが悪い。陰陽の暦の混乱さえなければ、つやのある、なかなかよい言葉だったと思うのだが、新しい意味でつかっても、やましさを感じなくなるまでには何百年か時間がかかるだろう。

「五月《さつき》ののぼり雲」という丈草のイメージも、木々の緑を濃く雲の陰翳を深くして、雨気を孕《はら》んだ、もっと鬱勃《うつぼつ》とした景色に修正した方がよさそうだ。

4

端午も、もともとは陰暦の五月五日。

まだ梅雨に入っていなくても長雨の重苦しい気配がすぐそこまで迫っているのを感じるころだ。ところが、現代の端午の節句は太陽暦の五月五日に行うところが多い。立夏は五月五、六日であるから、今の端午は晩春に入ることもある。歳時記によっては、初夏に分類している。

しかし、本来はもう約一と月あと、仲夏の行事である。

こいのぼり、菖蒲、薬玉《くすだま》などといった端午にかかわる風物も、太陽暦の五月五日だと、どうも浮わついた感じがするが、陰暦の五月五日にもってくると、なぜこの時期に端午という行事があったのか、そのわけが感覚的に納得できる。

大気は湿気をたっぷりと含み、木々の緑は濃く重くなる。川や沼の水かさが増し、水辺には水草が茂り小暗い陰をつくる。水は水蒸気や雨となって空気や土の中にまで侵入してくる。こいのぼりは明るく澄んだ青空よりは、水のような空気の中で泳いでいる方がふさわしい。水の領域が空にまで及んでいることを示す水の王国の勝利の旗のようだ。

長命縷《ちょうめいる》、続命縷《しょくめいる》などとも呼ばれる薬玉が五色の糸を垂らし麝香《じゃこう》や沈香《じんこう》の香りを漂わせるのも、しっとり湿った空気の中でなければならない。

先に引いた「さつきまつ花たちばな」の古歌に歌われた花橘の香りも、五月《さつき》という雨の季節において初めて引き立つだろう。橘の白い小さな星の花はゆうべの雨に濡れている。濡れた空気の中でなければ、ものは匂わない。匂いはすべて水の訪れの先触れなのだ。

5

五月五日を菖蒲の節句、菖蒲の日ともいうように、端午と菖蒲の縁は切っても切れないものがある。

菖蒲は「尚武」と音が同じなので武家時代になってからは端午は尚武の日として祝われ、今でもその色合いをとどめているが、もとはもっと根の深い行事だろう。

菖蒲は水辺に生える草。サトイモ科の地味な植物で、花菖蒲や花あやめとは別物。昔は、この菖蒲があやめと呼ばれた。古歌や俳諧によまれたあやめは、この菖蒲のことだ。

端午の節句には、水辺に茂った菖蒲の葉を刈ってきて、屋根に葺《ふ》き、風呂に浮かべ、男の子は刀にして遊び、女の子は髪に挿した。軒に葺くのは火除けのためといわれているが、水辺の草である菖蒲を軒先にかざして、火の神に対し、この家には水の支配が及んでいることを示す、一種のデモンストレーションだったのだろう。昔、農家の藁《わら》屋根の上にいちはつを植えたのも同じ。いちはつも水辺の草である。

さらに菖蒲は火除けばかりでなく水に対する魔除け、水除けの意味もあったのではないか。

五月《さつき》は水が猛威をふるう月。菖蒲の葉を屋根に葺いて、自分の家がすでに水の支配下にあることを示す。すでに水の神の所有物であることを示して、豪雨や洪水の被害をまぬがれるよう嘆願する。そんな意味があったのではないか。

菖蒲の葉を風呂に入れたり、身につけたりするのは、子供や一家の無病息災を願ってといわれるが、これも水に繁る植物によって水の魔力を自分に乗り移らせ、その水の魔力によって水がもたらすさまざまな疫病や子供の事故に対抗しようとした——つまり、毒をもって毒を制しようとしたのではないか。

恐るべき魔物から身を守るために、その魔物の身体の一部、あるいは所有物と信じられているもの——鳥の羽根とか、ある種の薬草——を肌身につけ、その魔物のもたらす災いから逃れようとする未開の人々の風習と似ている。疫病に対する免疫を得るために、疫病の病原菌と同じものを身体に接種する予防医学のワクチンも、これと同じ発想だ。端午の節物の菖蒲は身辺に押し寄せてくる五月《さつき》の水に対する、いわばワクチンのようなものだろう。

端午と菖蒲のこのような結びつきは、それが長雨月である五月《さつき》であることによって、初めて理解できる。

端午と菖蒲は水という媒介によって結びつく。

「ほとゝぎす鳴くやさ月のあやめぐさあやめもしらぬこひもする哉」という『古今集』の歌も、歌の字面にはないが「さつき」という言葉の背後には長雨の垂れ込める空間が広がっていて、その空間の暗さが「あやめも知らぬ」＝綾目、文目《あやめ》も知らぬ＝暗くて織物や絵の模様が定かに見えない＝物の道理を見失うほどの恋をする、という連想を引き出してくる。この歌は、五月《さつき》の長雨の暗さ、水の暗さを抜きにしては成立しない歌なのだ。

現代では端午の節句は太陽暦の五月五日に行われるから、まだ、うららかな春であるうちに、どこからか菖蒲の葉が集められ、街角で売られる。

6

雨がちに端午ちかづく父子《おやこ》かな

石田波郷のこの句は陰陽どちらの端午だろうか。

「雨がちに」の雨が陰暦四月の卯の花腐《くた》し、あるいは梅雨の走りであるのなら、「端午」は陰暦の端午。この場合、「雨がちに」という措辞は端午というものの本来のありようを言いとめている。

もし、これを太陽暦の五月五日であるとするなら、この日の前は例年、晩春のおだやかな日が続くから、「雨がちに」という言葉には、今年はいつもと違って雨が多い、五月五日は晴れてくれるだろうか、といった心理的な意味合いがまつわりついてくることになる。

太陽暦である方が一句の中での「雨がちに」という言葉の働きが重い。今年はいつもと違って雨がちに端午が近づいてくる、ということが、波郷の心を魅いたのかもしれない。陰暦の端午であるなら、このような「父子」の心理的な色合いは、圧倒的な「雨」の中に沈んでみえにくくなる。

句の中の「端午」一語を太陽暦とみるか陰暦とみるかで、句全体のニュアンスが変わる。俳句においてニュアンスが変わるということは全く別の句になってしまうということである。

波郷はどう考えていたのか。

どう読めばよいのか。

日本の暦が、それまで長く使われてきた旧暦から、グレゴリオ暦、太陽暦に改まってから一世紀以上が過ぎた。明治政府は旧暦の明治五年十二月三日を太陽暦の明治六年（一八七三年）一月一日にした。そして、それ以降の日本人は「五月《さつき》」も「端午」も、言葉の意味を明確にとらえることができなくなっているのではないだろうか。

太陽暦で「端午」とつかっても陰暦の湿気が抜け切っていないし、陰暦でつかっても陽暦の青空がしのび込んでくる。二枚のレンズを少しずらして重ねたときのように、はっきりした像が結べない。

「五月《さつき》」や「端午」だけに限らない。

「水無月」は皐月の次。陰暦六月。太陽暦では七月ごろ。梅雨が明けて太陽が照りつけ、川や湖水の水がなくなるから水無月というが、これを梅雨のころ、太陽暦の六月と勘違いしている場合がある。ことに、山や野原が青々と茂っているイメージを重ねて、「青水無月」というが、一方、五月雨が青葉に降りそそぐのを「青梅雨」というから長雨の月の太陽暦六月と混同されやすい。

漢字をみれば梅雨の長雨のころを「水無月」というのはおかしいとすぐわかるのだが、「みなづき」という音が、どこか濡れた印象があるので梅雨とも結びつくのだろうか。太陽暦の採用は「みなづき」という言葉の音の部分を目覚めさせてしまったようだ。

「水無月」も改暦によって、もとの確固とした意味から追い立てられた放浪の言葉だ。こういう言葉は一句の中では、どうもすわりが悪い。言葉のもつ世界が陰暦と太陽暦の間を揺れているから。

7

節日《せつにち》をみても、太陽暦では人日《じんじつ》（一月七日）は、まだ寒に入ったばかりで粥に炊きこむ七草など影も形もない。上巳《じょうし》（三月三日）は春分前の寒々としたころで桃の花盛りには遠い。七夕《たなばた》（七月七日）は梅雨の集中豪雨のころ。それに端午。五節日の中で重陽《ちょうよう》（九月九日）だけは現在でも陰暦で行われているところが多いようだが、もし、これも太陽暦で行うとすれば、まだ残暑の居すわっているうちに、菊の花を眺めることになる。

　七夕の晴れた夜空の記憶がない。いつも雨か曇りだった。思い出すのは家の廊下のくらがりに取りこまれた竹飾りや雨に打たれて色の流れた短冊のようなものばかり。おかげで少し前までは七夕は、じめじめした梅雨の夜の行事と思っていた。ある年の八月、平泉から花巻と遠野へ出かけた。途中、立ち寄った仙台はちょうど七夕祭。花巻と遠野はすばらしい星空。七夕はやはり初秋の行事なのだなあと実感した。

宮沢賢治『銀河鉄道の夜』の主人公、ジョバンニとカムパネルラが夜空を旅するのは、ケンタウルス祭の夜。七夕とは書いていないが、「銀河のお祭り」の夜。

「ああ、りんどうの花が咲いている。もうすっかり秋だねえ」カムパネルラが、窓の外を指さして言いました。

線路のへりになったみじかい芝草の中に、月長石ででも刻まれたような、すばらしい紫のりんどうの花が咲いていました。[4]

夜空には渡り鳥が飛び交い、黄色く熟れたトウモロコシの畑や赤くて大きな実のなるリンゴ園もある。カササギもいる。

七夕はやはり、大気が澄みはじめ、天体の動きが肌身に感じられるようになるころのお祭りなのだ。これが梅雨の最中でははじまらない。

しかし、現代の七夕は濃厚に雨の気配を帯びてしまっている。これは七夕伝説の中に、この日、雨が降ると天の川の水が増して、牽牛《けんぎゅう》、織女の二つの星の出会いが妨げられるという部分があって、これが梅雨の七夕を受け入れる温床になったのか。それとも逆に、改暦後、七夕に雨の降ることが多くなって、こういう話が付け加わったのだろうか。

荒梅雨のその荒星が祭らるる

相生垣瓜人の句は、ずばり梅雨の七夕である。旧暦時代なら奇異に映っただろうが、今ではむしろ普通である。

皐月も端午も、水無月も、七夕も、暦が陰暦から太陽暦に変わっただけで言葉はこんなに揺れ動く。暦が変わっただけで、と書いたが、暦が変わるということは、大変なことなのだ。ある文明が採用している暦は、その文明が宇宙をどうとらえているか、自然とどうかかわっているか、を表わす。それが変わってしまえば、文明は根底から揺さぶられる。

俳句は、自然や宇宙と深くかかわる文芸である。暦が変われば余波をかぶる。月の名や節日の混乱は、そのせいなのだ。

言葉は、あす刈りとられる青草のように、はかなげにそよいでいる。

8

言葉は本来あいまいなものである。

そのあいまいな言葉の意味を明確に定めてゆくのは文脈と状況。言葉が組みこまれる文脈と、言葉がおかれる状況、すなわち「場」だ。

俳句は十七字しかなくて、しかも、その中に切れを含む。文脈を拒絶することによって成立した詩型であるから、俳句の意味をはっきりさせるのは状況＝「場」だけである。だから、たとえば改暦によって「場」が移ろってしまえば、皐月も端午も水無月も、俳句の言葉は、たちまち意味が揺らぎ、あいまいになってしまう。

オスカー・ワイルドは、芸術が人生や自然を模倣する以上に人生や自然の方が芸術を模倣する、と考えた。[5]

芸術至上主義[6]は、俳句にはどうも当てはまりにくい。というのは、俳句が文脈を拒絶する詩型である以上、自然や人生のような「場」を大前提としなければ、あいまいな言葉の羅列になってしまうから。俳句で芸術至上主義を実現しようとすると、土台のない家を建てることになってしまう。

俳句の言葉は、自然や人生といった「場」の上で、プラズマのように活性化する。これは俳句が紛れもなく言葉でありながら、言葉だけでできているのではないということである。

ここが俳句が他の文芸といちばん違うところ、いわば俳句の俳句性の根ではないだろうか。

ワイルドの考え方は俳句のこの本質とすれ違ってしまう。俳句はワイルドが「芸術」と呼んだものとは次元の違う何かだろう。俳句は「芸術」の足元にも及ばないものであると同時に、「芸術」のはるか上空をかろやかに飛び超えてゆくものだ。

俳句は「俳句」としか呼びようがない。

俳句に対する勘違いの多くは、俳句は言葉だけでできている、一行の詩である、という思い込みから出発している。

ことに俳句の近代は、言葉が自然や人生といった「場」と一体になって働く俳句の独自性などお構いなしに、たとえばワイルドの芸術至上主義のような欧米の文学理念を無理に俳句に押しつけて、俳句というものを理解しようとしてきた。

俳句を西欧流の「芸術」にまで押し上げるためには、そうせざるをえなかったのだ。その結果、俳句の独自性は無視しなければならなかった。俳句が「場」のような言葉以前のものをひきずっていることが恥かしかったのだ。

しかし、俳句を「芸術」にまで押し上げることは、とりもなおさず俳句を「芸術」の位置にまで引きずり降ろすことではなかったか。近代もようやく終わろうとする時になって、こう自問してみることは、やはり大切だろう。

9

水原秋桜子は昭和六年に発表した「『自然の真』と『文芸上の真』[7]」の中でこういう。

僕は、「自然の真」といふものは、文芸の上では、まだ掘り出されたまゝの鉱《あらがね》であると思ふ。此《こ》の鉱《あらがね》が絶対に尊いならつまりそれは自然の模倣が尊いといふことになるのだ。芸術とはそんなものではない。芸術はその上に厳然たる優越性を備へたものでなければならない。

これは俳句における芸術至上主義宣言である。そして、昭和の俳句は多かれ少なかれ、この一文の上にある。やはり大変な文章なのだ。

秋桜子の考え方を極端に押し進めてゆくと、俳句は言葉だけで完結する一行詩を目指す、というところに行き着くだろう。そこでは当然、自然や人生のような「場」は狭い部屋に押し込められる。「鉱《あらがね》」としてあるにすぎない。「場」を認めない、一行詩としての俳句がどういう形をとるか。それは大きく分けて、二つしかないだろう。

言葉は本来あいまいなものであり、あいまいな言葉を活性化するのは文脈と「場」しかない。そこで「場」を認めないとすれば、文脈に依存するしかない。つまり、叙述し説明する俳句。これが第一のタイプ。

俳句で「場」を認めなければ、本来、俳句が「場」に任せて言葉にする必要のなかったことを、短い十七字の中に取り入れなくてはならなくなる。いきおい、俳句の言葉は説明になる。

このタイプの俳句は、十七文字の中に叙述の文脈を取り入れることによって、数百年前、発句といわれるものが批判し訣別してきたはずの和歌の文脈に逆もどりする傾向をもっている。しかし、述べるといっても俳句は十七字しかないから、短歌や詩や散文にはかなわないだろう。

第一のタイプの俳句のさらに大きな落とし穴は、俳句の命ともいうべき「切れ」

——超絶的な「切れ」！——を生み出すことができない、ということ。このタイプの俳句の「切れ」は説明になりがちであり、切れ字は形骸化する。「切れ」とは、言いかえれば「間」であるが、「間」は強力な「場」の上でしか成り立たないのだ。

次に、「場」を認めない俳句が文脈にも依存しないとすれば、その俳句の言葉はあいまいなまま留まるしかない。これが第二のタイプ。

この場合、俳句の作者は一語一語に過剰な意味を込め、十七字を、そして「切れ」を煉瓦で塔を造るように構成するだろう。しかし、読み手との間の、たとえば自然のような「共通の場」を認めないから、他の人には意味あり気な言葉の羅列としか見えない。難解な句だ。

第一のタイプも、第二のタイプも昭和の俳句の歴史の上で実際に起こったことなのだ。

> 「文芸上の真」とは、鉱《あらがね》にすぎない「自然の真」が、芸術家の頭の熔鉱炉の中で溶解され、然る後鍛錬され、加工されて、出来上がったものを指すのである。

秋桜子の考え方は、近代的な自我をもった人間を宇宙の中心にすえる。しかし、それは同時に俳句を人間と等身大のものに小さくしてしまったのではないか。そう考えてみることは、やはり大切だ。

10

ホログラフィー[8]というのは一種の写真の技術である。

被写体にレーザー光線を当てて、特殊なフィルムをその物体からの反射光と、さらに鏡に反射して戻ってくる参照光の二種の光で感光させる。この二つの光が干渉してフィルムには砂の風紋に似た模様が描き出される。これがホログラム。これに撮影の時と同じ参照光を当てると、被写体の立体映像が空中に浮かび上がる。簡単なものなら街でも売っている。プラスチックの小さな箱の中にオパール色の美女や帆船が浮かんでみえる、あれだ。

ホログラフィーは被写体の三次元映像を再生できる。普通の写真では被写体に隠れて見えない裏側の光景まで映し出す。

俳句の言葉は、このホログラムに似たところがある。ことに季語はそうだ。

川中に水涌《わ》きゐたる涅《ね》槃《はん》かな

ある句会に出された大庭紫逢の句。評価は完全に割れた。

この日、これを最高句に選んだ人もいて、その人たちの感想は、涅槃会のころの自然の躍動感が伝わってくる、というようなものだった。それに対して、この句を採らなかった人たちの理由は、「川中に水涌きゐたる」と「涅槃かな」がどうかかわるのかわからない、要するにピンとこないというものだった。

「涅槃」というのは釈迦の入寂のことであるが、陰暦二月十五日、俳句では仲春の季語。寺院ではこの日、涅槃図を掲げ、涅槃会が営まれる。太陽暦では三月の半ばごろに当たる。啓蟄を過ぎて、自然の動きもようやく活発になるころ。こんな時期に川を見ると水の中に水が涌いていた、というのだ。

　この句の「涅槃」は、単に釈迦の入寂という意味だけではなく、このころの天地のありさまをすべて――ホログラフィックに――映し出す。そういうホログラムとして「涅槃」という言葉がつかわれ、この句が成立している。もし、この「涅槃」をただ釈迦の入寂とだけ受けとったのでは、この句を採らなかった人たちがいう通り、「川中に水涌きゐたる」と「涅槃かな」の気ままな取り合わせ、ピンとこない句ということになってしまうだろう。

この句の評価の分かれ目は、読み手が「涅槃」という言葉のホログラムから、涅槃のころの宇宙全体を息の吹き通うものとして、よみがえらせることができたかどうかにかかっていた、ということができる。[9]

II

この「涅槃」に限らず俳句の言葉はすべてホログラフィックな機能を負わされている。その中でも季語として定着している言葉は、長い年月の中で公認されたホログラムなのだ。

俳句の作り手が季語をホログラムとしてつかいこなすにも、また、俳句の読み手がホログラムとしての季語から宇宙の三次元映像をよみがえらせるにも、辞書や歳時記からの知識ばかりではなく、どうしても季語の現場での体験の積み重ねがいる。体験が豊富であればあるほど、ホログラムからよみがえる三次元映像は鮮明なものになり豊かな細部をもつことになるだろう。

季語と同じように俳句自体もホログラムである。

俳句の作り手や読み手は、経験のすべてをかけて俳句というホログラムを作り、そのホログラムから宇宙をよみがえらせることになる。その力が作り手の側になければ俳句は説明文の一行になり、読み手の側になければ俳句は通じなくなる。作り手と読み手、このどちらの側のホログラフィーが欠けても俳句は成り立たない。

そういう危うい詩として俳句がある。

しかし、いったん俳句のホログラフィーが成立すれば、読み手はその俳句の世界をどこまでも行くことができる。

「銀河鉄道」に乗ったジョバンニは「どこまでも行ける切符」を持っている。その描写はこうだ。

> カムパネルラは、その紙切れが何だったか待ちかねたというように急いでのぞきこみました。ジョバンニも全く早く見たかったのです。ところがそれはいちめん黒い唐草のような模様の中に、おかしな十ばかりの字を印刷したもので、だまって見ているとなんだかその中へ吸い込まれてしまうような気がするのでした。
> すると鳥捕りが横からちらっとそれを見てあわてたように言いました。
> 「おや、こいつはたいしたもんですぜ。こいつはもう、本当の天上へさえ行ける

切符だ。天上どころじゃない、どこへでもかってにあるける通行券です。こいつをお持ちになれぁ、なるほど、こんな不完全な幻想第四次元の銀河鉄道なんか、どこまでも行けるはずでさあ、あなた方たいしたもんですね」

ジョバンニの切符はホログラムそのものだ。それは「だまって見ているとなんだかその中へ吸い込まれてしまうような気がする」。ジョバンニとカムパネルラが銀河鉄道で旅をする夜空はジョバンニが持っている切符のホログラムの中にある。

宮沢賢治が生きていた時代にはホログラフィーなど、まだ知られていなかっただろうから、ジョバンニの切符のホログラフィーは、「一々の小さな塵のうちに、ありとあらゆる世界の光景をみることができる」という仏典の記述などからの発想かもしれない。

それはそのまま、季語や俳句に当てはまる。一つの季語や俳句の中に、ありとあらゆる世界の光景をみることができる。「五月《さつき》」や「七夕」のイメージがあいまいなのは、改暦によって、月名や節日のホログラムがぶれてしまっているからだ。

言葉は混乱する。人間の約束事であるから。言葉のとらえようとする宇宙はいつもしいんと脈うっている。

第二章　俳句性について

I

森澄雄氏は昭和二十三年、「寒雷」[1]の十二月号に「石田波郷論」[2]を発表した。精神の高みから高みへ呼びかけるような文章で、一篇を貫く緊張は今でもいきいきと伝わってくる。時代の困難と個人的状況の困難とが、こんな文章を生んだのだ。戦争が終わって間もない当時、波郷も森氏も病床にあった。数年後、森氏は癒えたが、波郷は癒えなかった。

ここには、昭和二十三年という時点で、離合する列車の窓の中に森氏が見た波郷の一瞬の風姿がある。

> 波郷俳句は彼の情感の頂点で発止と打出される。まさに発止であつて、その所《いわ》

謂《ゆる》抒情といふ曖昧な要素を挿し挟む余裕はない。

仏教は僕らに人生の無常迅速を教へ、僕等は如何にもさうだといふ風に観念する。だが仏教の、或ひは僕等の観念する無常迅速より、本当にやつて来る人生の無常迅速はいつも少しばかり無常迅速なのだ。その人生の無常迅速の様に波郷俳句は、素速く、美しい。

だが、ある時、作家は、作品の中で、この人生の無常より素早く無常迅速を覚悟するかも知れぬ。生きながら、作品の中で、死を呼ぶかも知れぬ。

霜の墓抱き起さるゝ《(れし)》とき見たり[3]　　波郷

波郷の詩魂はまるで僕に、この作品の中に、さう語つてゐる様に見える。

森氏は、このあと、当時流行の「イデオロギィ評論」に触れる。それは俳句に「思想」を盛り込み、俳句を「思想的」に解釈しようとしたものであるらしい。森氏は、この「イデオロギィ評論」の限界を語り、自分との間に一線を引く。

僕はイデオロギィ評論の健康性を買ふが、窮極の所でいつも僕のなにかが納得しないのだ。一つのイデオロギィのシステムにかかつた魚よりも、逃がした魚の方が大きい気がしてならぬ。

真実の詩魂は、その作品の中で、作家のイデオロギィやイズムよりも、もつといつはりのない、或ひはまぎれもない人間のなげきを伝へないとは限るまい。そして、さういふなげきは、イデオロギィや美学の解釈をいつも絶するだらうから。

そして、こう書く。

霜の墓抱き起さるゝ《（れし）》とき見たり　波郷

の霜の墓は一体どういふ思想を負ふのか。恐らく波郷は現前の霜の墓の抱き起さるゝ時、見たのだらう。まさに「霜の墓」であつたらうし、「霜の墓」らしい思想を見たのではあるまい。此の句に至る最捷の経路は、作者とともに、耳を澄まし、目を澄まして見る外はあるまい。

波郷が見たものは、まさに抱き起さるゝ霜の墓であつて、僕等が解釈したり、予想したりする様な、何か意味ありげなものを見、或ひは嗅ぎ出したわけではあるまい。只骨身に沁みて、誰よりもはつきり見たのだ。或ひは見てしまつたのだ。

森氏は波郷の俳句をイデオロギィ的な解釈の触手から「明澄な孤独の詩魂」の彼方へ解き放とうとする。

それは同時に、波郷の俳句に言葉でもって近づくことへの絶望を語ることでもある。
「波郷俳句のもつある本質的性格が、批評を拒絶し、あらゆる批評を無器用にしてしまふのだ」。

俳句は言葉でできているが、言葉に還元してしまうことのできない何かがある。
「一つのイデオロギィのシステムにかかつた魚よりも、逃がした魚の方が大きい」。

言葉でとらえようとすれば、言葉の指の間を水のように逃れてゆくものがある。
「作者とともに、耳を澄まし、目を澄まして見る外はあるまい」。

こう書いた時、森氏は句集『雨覆』[4]の後記に次のように記した波郷と紙一重だ。

私の俳句は散文の行ひ得ざることをやりたいと念ずるのみである。日々に命の灯を恃《たの》み得ぬものが、何《ど》うして散文の後塵を拝するの十七字を弄《もてあそ》ぶを得んや。

波郷の語彙を借りれば、森氏は優れた「韻文」の前に立った「散文」の絶望を語っている、ということができる。

「散文」に解消してしまうことのできない「韻文」としての俳句。波郷はそのような俳句を願った。

森氏の文章は、それを読み手の側から裏づけていることになる。

2

それから二か月して「寒雷」の翌昭和二十四年二月号に再び森氏の「波郷論余録」が載る。「僕は十二月号所載の僕の『波郷論』の中で重大な誤謬を犯してゐた」と書き出す。

霜の墓抱き起さる〻《（れし）》とき見たり　波郷

の「抱き起さる〻」主体が何かといふ問題だ。僕のあの文章では「霜の墓」が抱き起される事になつてゐるが、之は当然病床の波郷が抱き起されるのでなければならぬ。抱き起されたとき、霜の墓が、不意に、だが、鮮かに目に入つて来たのだ。霜の墓は目から直下に心の臓に刻印された。

森氏のいうこの「誤謬」は、あとで山本健吉にも指摘される。

焼跡に立つた墓は、貴兄の病室から私もはつきり目にとめました。あの部屋で病床に臥せてゐた貴兄を知つてゐる私は、この句を読んでもちろん直ぐ奥さんか誰かに抱き起される貴兄を想像し、起された瞬間、足を向けた方の窓から戸外の焼跡に霜の墓を見た——と言ふより、この「見たり」は病者の眼底に焼付いたと言つた方がよい位強い響きを持つてゐます——ところを想像します。倒れた墓を抱き起すなぞという解釈は、思つてもみなかつたことです。私は森氏の解釈から今の若い作家たちは「霜の墓」のあとに於けるやうな句中の小休止を無視して、一本調子に読み下してしまふ傾向があるのではないかと思ひました。「抱き起さるゝとき霜の墓見たり」といふ順序にしなければ、すつと頭に這《はい》入らないのではないかといふ気がしました。[5]

僕の考えから先に言ってしまうと、抱き起こされる霜の墓を見た——という森氏の最初の解釈は、完全な「誤謬」というわけではないと思う。

この句の言葉だけを見て、倒れた墓が抱き起こされるさまを思い浮かべる人は、かなりいるのではないか。この句の言葉は、まさにそのように——霜の墓が抱き起こされるとき見た——と読める。述語「抱き起さるゝ」のすぐ上の「霜の墓」が、その主語と推定されるわけだ。

たとえ、山本健吉が言うように「抱き起さるゝとき霜の墓見たり」という順序になっていても、抱き起こされるときの霜の墓見たり——と解釈することが可能である。実際、そうとる人もいるだろう。

言葉は、特に俳句のように短い言葉は、ニュートラルで、あいまいなものだ。どちらにでもとれる。

なかには、この句の作者は道でころんで、だれかに抱き起こされるときに霜の墓を見たのだろうと思う人がいるかもしれない。「抱き起こす」という言葉には、人と人の触れ合う匂いがあるから。抱き起こされたのは墓ではなく作者ではないか、と思ってみるかもしれない。

さらに、抱き起こされるのは病人ではないか、と感じる人があるかもしれない。「抱き起さるゝ」という言い方には病人や死者の体のもつ湿めやかな感じがあるから。

しかし、その場合でも霜の墓は病人の衰弱した意識の中をよぎる幻影のたぐいと思うだろう。水を張ったバケツを持ち上げると、水が揺れて光を散乱する。同じように、抱き起こされる病人の意識の水面が揺らいで、あらぬ霜の墓が見えたのでないかと思うだろう。抱き起こされるのが病人だと思った人でも、霜の墓が実景だと思う人はまれなのではないか。病人が墓の見えるようなところに寝ているという特異な状況が想像しにくいからだ。

この句をみて、作者は抱き起こされるときに霜の墓を見た——と理解するには、作者の波郷が病人であり、しかも、窓の外に墓が見える病室に寝ているという状況を知っていなくてはならない。この句の言葉は、このような場の上におかれて初めて、病人が抱き起こされるとき、窓の外に霜の墓を見た、という意味になる。

山本健吉の解釈と森氏の最初の解釈が違ってしまったのは、波郷のいる病室という

「場」を思い浮かべることができたかどうかにかかっていた、といえるだろう。山本健吉は引用した部分にある通り、すでに波郷の病室を訪れたことがあって、足の方の窓から空襲の焼け跡に立つ墓が見えることも知っている。森氏は、このとき、まだ波郷と面識がなかった。

確かに森氏の最初の解釈には、いくつか難点がある。

第一に、「見たり」の主語は「私」であるから、「抱き起さるゝ」の主語が「霜の墓」であるとなると、主語が分かれて煩雑だ。「抱き起さるゝ」も「見たり」も主語は「私」だとした方が息の通りはよい。

第二に、「抱き起こす」という言葉には、「人が人を」という感じがあるから、墓が抱き起こされる——という解釈は、墓を擬人化していることになる。この点、少し遠回りな解釈であるには違いない。

第三に、霜の墓が抱き起こされるのであれば、「抱き起さるゝとき」の「とき」がまだるっこい。たとえば「抱き起さるゝ霜の墓見たり」のように、直接的ないい方をなぜしなかったか。抱き起こされるのが「私」であれば、「抱き起さるゝとき」は、ごく自然な言い方だ。

第四に、そもそも重い墓石を抱き起こすなどということができるかという疑問もわく。木の墓標や小さな墓石を想像すれば解決するが。

森氏の最初の解釈には、こんな難点がある。しかし、森氏に限らず、波郷の病室を知らない人にとっては、病人が墓の見える部屋に寝ているという状況を想像する方が、はるかに難しいのではなかろうか。

病室で病人が抱き起こされたとき、窓の外の霜の墓を見た――という解釈は、わかった後では何でもないが、波郷の病室を知らない人には手の届かないところにある。森氏は森氏の場に引きこんで「霜の墓」の句を読んだ。それは「誤謬」というようなものではなくて、ひとつの読みだろう。むしろ、句の言葉の読みとしては素直な読みかもしれない[6]。

「霜の墓」の句に限らない。俳句は短いから、もともと、あいまいなのだ。その句のおかれる「場」によって意味が変る。俳句は「場」の力の介在を待っている。

3

俳句とあまりかかわりのない大多数の人にとって、山本健吉の文章にある「霜の墓」のあとの「句中の小休止」は、初めから自明のものとしてあるのではない。

波郷の病室という「場」の力によって句の意味が浮かび上がった後に、逆に読み手によって探り当てられるものだろう。この句は、波郷が抱き起こされたときに霜の墓を見た、という意味であるから、霜の墓が抱き起こされるのを見た、と一本に通して読むのではなく、「霜の墓」の後に小休止をおいて読むのだな、と。霜の墓が抱き起されるのを見た、という句の言葉のむしろ素直な読みを、波郷の病室という「場」の強い磁力がねじ曲げるのだ。

初めから「霜の墓」のあとに小休止をおくのは俳人だけの読みだ。俳句が普通の日本語とは違う、固有の約束事の上に成り立っているということを前提として俳句を読むということになる。俳句を俳句として――韻文として――読むということになる。そして、これは俳句の約束事の中にいる人だけの読みなのだ。この見えない約束事が俳句の垣根になる。垣根の外の人には俳句は禅問答のようなものにうつる。

波郷の病室のように俳句の言葉の背後に潜んでいる「場」。また「場」とかかわって存在する句中の小休止。初めから、このような約束事に包まれた特殊な言葉として俳句を読む――俳句を普通の日本語とは違う言葉として読む、ということは俳人の間では当たり前のことである。約束事の垣根の中にいる人には垣根が見えない。空気や水のようなもので、だれもが知っていて当然のことだと思っている。

だから、森氏は大急ぎで「誤謬」を訂正した。山本健吉は波郷の病室や句中の小休止を知っていることを当然のこととして森氏の解釈を「性急な間違った解釈」という。

しかし、この「常識」は俳人でない大多数の人々には通用しない。

霜の墓抱き起されしとき見たり

この句を見て、だれが作者の病室の窓から墓が見えることがわかるだろうか。また、「霜の墓」のあとに潜んでいる小休止に、だれが気が付くだろうか。

森氏の「誤謬」は、俳句が見えない約束事に包まれた特殊な詩であることを浮き彫りにしている。そして、多くの人々にとって、約束事に包まれた俳句は、わかりにくいものにうつるのではないか。

わかりにくい俳句。

俳句のわかりにくさは、俳句の約束の世界にいる俳人たちには、逆にわかりにくいことなのだが。

4

近代は、普遍性を追求した時代である。日本では、普遍性があると考えられた西洋文化の模倣の時代だった。

近代の普遍性追求の情熱は、短い俳句にも及ぶ。それは、まず明治の半ば、正岡子規の俳句革新運動という形になって現われた。

子規は、俳句を西洋文学に匹敵する日本の国民文学にしようとする。そのために、俳句を人々から遠ざけているいくつかの垣根を取り除く。

まず、連句と、それを支える連衆の座の否定。それは同時に、俳諧にまつわりつく古典や故事の知識といった少数の教養人にしか通じない約束事を排除することでもある。その代わりに子規は、どこにでもあって、だれにでも触れることのできる自然を前面に押し出す。そして、自然と自然の中で生活する人間を直接に——古典の絵ガラスを通さずに——とらえる方法として写生を提唱する。

子規は俳句の「場」をかつてなかったくらい広いものに、日本中に拡大したということができるだろう。俳句は自然という広い共通の「場」の上で、日本人の共通語になった。

時代は子規の意志を半ば実現した。しかし、半ばは思わぬ方向に押し流す。ひとつには、日本の近代化が、どこにでもあった自然を押しつぶして、限られたところにしかない特殊なものにしてしまったという動かし難い現実がある。

もうひとつは、自然自体の特殊化と並行して、俳句の中でも単純な自然だけに飽き足らない傾向が芽ばえてくる。俳句の特殊な「場」が生まれる。

戦争。

思想。

都市。

昭和になると、そういうものを知らないとわからない俳句が出てくる。

俳句の「場」の特殊化は、一方では確かに日本の社会と人間の生活が複雑になったことの反映である。しかし、俳句自体にも、広く浅い「場」よりも、濃く深い場を求める傾向がもともとあるのではないか。広さと濃さが矛盾する場合、広さを犠牲にしてでも濃厚な「場」を求める性質があるのではないか。俳諧の言葉が、多くても七、八人、限られた少人数の「場」の上で生き生きと働いたように。

ただ、そういう俳句は、その濃厚な「場」の中にいる人には強力に働きかけるが、「場」の外にある人には何のことかわからない句になる。

「波郷の病室」もそういうものだ。確かに強力な磁場ではある。しかし、かつての「単純な自然」のように、だれもが知っていて共有できる「場」であるというわけにはいかない。当然のこととして、「霜の墓」のような句は、波郷という人をよく知っていて、波郷の「場」を共有できる人には魅力的だが、それ以外の人には、わかりにくい、何か難しげな句に映る。

俳句の「場」の特殊化と細分化。

これは昭和の俳句の大きな特徴になるのではないだろうか。それは一言でいえば、俳句が通じにくいものになっているということだ。

誰にでもわかる俳句、普遍性をもった国民文学としての俳句を追及してきた俳句の近代のひとつの帰結がここにある。それは、俳句の「場」というレベルでとらえれば、少数の教養人のサロンでしか成立しなかった、子規以前の俳諧に近いものに帰ってしまったということができるだろう。子規の時代に最大に拡大して一瞬、消えてしまったかに見えた俳句の「場」が、特殊になり細かく分かれて再び意識の中に顕ち現われてくる過程でもある。

5

ところが、こういう俳句の現実とはうらはらに、「俳句をだれにでもわかるものにしたい」という子規の――というより近代俳句の願望が、いつのまにか「俳句はだれにでもわかる」という断定にすりかわって、ひとり歩きしている。その上に立って、俳句の大衆化や国際化が進められる。俳句はわかりにくいという慎重な視点がない。俳句はわかりにくいのに、だれにでもわかるような顔をしている。俳句は普遍性がないのに、普遍性があるようにふるまう。俳句は芸術でないのに芸術だといばっている。

俳句のこの現実と自己認識のずれ。

戦後、これを暴いたのが桑原武夫の、あのいらいらした口調の「第二芸術論」[7]ではなかったろうか。

波郷の俳句を読むには波郷という人をよく知らなければならない。

近代の俳句は普遍性を追求するあまり、俳句をわかりにくくしている約束事を取り外そうとしたり、また、それから目をそらして見ぬふりをしてきた。が、そんなにものわかりのよい顔ばかりしていないで、俳句のわかりにくさを直視した方がよい。俳句が濃厚な「場」の上で初めて生き生きと働く詩であることを確認しておいた方がよい。

俳句を結果的にはわかりにくくしている、いくつかの約束事こそが俳句のオリジナリティなのだから。

子規の俳句革新以後も、象徴主義[8]やイマジズム[9]のような西洋の詩論がそのつど紹介されて、俳句を西洋の詩と同じように理論づけようとする。

いいかえると、俳句を西洋の詩と均質なものにしよう、短いだけの現代詩、一行の詩にしようとした。そこでは、俳句のもつさまざまな側面のうち、西洋の詩論の網にかからない部分は、特殊なもの、つまらないものとして葬られ、忘れられる。それは結局、日本という「場」に埋もれた俳句の根の部分、西洋の詩や日本の現代詩にない俳句のオリジナルな部分ということになる。

それが「季語」と「切れ」だ。

季語は日本というモンスーン地帯の自然と結びついた言葉。機械的にただ意味を伝えるのではなく、四季おりおりの時空をそのままに内蔵している曼荼羅《まんだら》のような言葉。切れは、先ほどの「句中の小休止」。いわゆる「切れ字」だけには限らない。もっと普通の言葉でいえば「間」。

どちらも以心伝心のところがあって、言葉で説明しにくい。わかりにくい。そこで、近代の俳句には、この二つをないものにしようとする力が絶えず働く。

季語については、子規の立場をさらに押し進めて、俳句は自然からも離れて言葉だけで自立する詩になろうという主張、また、季語を特別扱いしないで普通の言葉と平等に扱おうという主張が生まれた。

切れについては、切れ字を使わないようにする傾向があるとともに、散文のような一行詩俳句への傾斜があった。

季語と切れが俳句の中で軽くなれば、確かに俳句はわかりよくはなるかもしれない。しかし、俳句としてのオリジナリティを喪失した俳句とは一体、何なのだろうか。

そこにはもう俳句はない。

俳句の痕跡、俳句のような顔をした一行の散文があるだけだろう。

6

一行の散文と俳句はどう違うか。

霜の墓抱き起されしとき見たり

さっきは比較のために「霜の墓が抱き起こされたのを私は見た」とか「私は抱き起こされたときに霜の墓を見た」とか、「霜の墓」を「抱き起されし」の主語として、あるいは主語でないとして文章に訳した。

しかし、「霜の墓」の後の切れは「霜の墓」が「抱き起されし」の主語であることも、逆に主語でないことも許さない。そこで切れることによって「霜の墓」と「抱き起されしとき見たり」は主語や述語の関係から解放される。

波郷が、

霜の墓

と思い浮かべ、書きとめたとき、これは主語でも主語でないものでもない。「句中の小休止」は、ただ「霜の墓を」の「を」を省略しただけのものでも、「霜の墓」が「抱き起されし」の主語でないことを示すためにあるのでもない。句の字面の通り「霜の墓」の後には「の」も「を」もない。ただ文字にならない一呼吸があるだけだ。

「霜の墓抱き起されしとき見たり」という句と「私は抱き起こされたときに霜の墓を見た」という文は違う。

どう違うか。

この句を読む人は、まずともかく「霜の墓」を思い浮かべて、心の中を「霜の墓」でいっぱいにする。自分がまるで霜の降りた墓原にいるような気持になる。

そのあと、しばらくして——これが切れであり、間なのだが——「抱き起されしとき見たり」が見えてくる。そこで、ああ、作者はそういう情景を抱き起されるときに見たのだな、と思う。仮に「霜の墓」のあとに切れ字の「や」を補ってみるともっとはっきりするだろう。

「霜の墓」で切れる以上、その上下を主語と述語とか、無理に文法的に関連づける必要はない。そんなことをすれば、せっかくの切れが死んでしまう。関連づけ修復しなければ頭に入らないのは、やはり散文の発想だ。

俳句には俳句の文法がある。

もっとも、この句は「見たり」という強い他動詞で終わっているから、その目的語が「霜の墓」であることは隠しようがない。しかし、「抱き起されし」という、どこか秘めやかな感じのする微妙な受け身の表現はそうはいかない。ここでは抱き起こされる対象はもちろん、さらにその影にいるはずの抱き起こす動作の主体——山本健吉の文章では「奥さんか誰か」——も隠れたままなのだ。

確かに、散文の文法の論理で受験問題風に「抱き起されし」ものは何か、と問い詰められれば、それは作者であると答えざるを得ない。しかし、その発想で「私は抱き起こされたときに霜の墓を見た」と訳してしまうと、香りのように消え失せてしまうものが、「霜の墓」と「抱き起されしとき見たり」とのすき間にある。

それは何か。

波郷は抱き起こされたとき、確かに病室の窓から霜の墓を見た。だが、そのとき、自分も霜の墓に横たわっていて、抱き起こされようとしているような感覚に襲われたのではなかったか。肉眼がとらえたのは窓の外の霜の墓であるが、それは同時に自分自身の墓であり死であると直覚したのではなかったか。

波郷は病室にいて、霜の墓と重なり合う。

霜の墓抱き起されしとき見たり

句の文字もそう語っているように見える。一見、主語のように見える「霜の墓」のかげに、本当の主語である「私」が隠れている。「私」の上に「霜の墓」がある。抱き起こされる「私」は「霜の墓」であり、「霜の墓」は抱き起こされる「私」である。「私」は「霜の墓＝死」とひとつになっている。

このような死との深い了解の上に初めて、この句は成り立つのではないか。だから、霜の墓が抱き起こされるともとれる表現を許したのではないか。そうするからには、そうするだけの理由があると思う。

ある時、作家は、作品の中で、この人生の無常より素早く無常迅速を覚悟するかもしれぬ。生きながら、作品の中で、死を呼ぶかも知れぬ。

墓が抱き起こされたのを見た――という森氏の初めの解釈は「句中の小休止」に気付かないからではなく、むしろ、その切れの中から無意識にたちのぼってきたのではなかったか。

切れは創造的に働く。

この句を読むたびに、湿った落葉の匂いや、体のそばでトカゲや昆虫が眠っているような感じがする。霜の墓原で、だれか優しい人の手に抱き起こされるような気がする。抱き起こされる自分を自分で、冷ややかに見ているような気がする。

7

近代を支配してきた西洋文化の普遍性――もしかすると、これが幻想であるかもしれないと最初に気づいたのは、アジアでもアフリカでもなく西洋自身だったようだ。

たとえば文化人類学。

この若い学問は、人間が常識であると信じて疑わない、自分が生まれ育った土地の文化のスタイルが、唯一絶対のものではなく、別の土地に行けば全く違うスタイルの文化があることを教えてくれる。しかも、いろいろあるスタイルのうち、どれかひとつのスタイルが他のスタイルより優れているという根拠はなく、どれも対等であることを示そうとする。

人々の常識を相対化し、世界が多様であることを見せてくれる。

このような多様な世界という認識の上に立つと、それまで見えなかった、いくつかの新しいものが見えてくる。

そのひとつ。文化はすべて、その土地と結びついた特殊なものではないかということ。西洋文化も西洋という「場」と一体の特殊な文化のひとつではないのか。「普遍的な西洋文化」を体現しているように考えられてきた科学技術でさえも、本当は西洋の土壌を抜きにしては考えられないのではないか。

そうなると、普遍性とは一体、何なのか。

それは何かの事情で——たとえば自分の文化を他に押しつけたいとか、逆に、よその文化を受け入れたいとかいう必要に迫られて、ある文化を普遍的であると錯覚するだけではないのか。方便として用いられるだけではないのか。

第二。多様な世界での文化の魅力というのは、その土地と一体になった文化の固有性にあるのだということ。

たとえば、外国人が日本の詩歌の中でいちばん興味をもつのが、現代詩や短歌を飛び越して、なぜ俳句なのか。

それは、結局、俳句が日本という「場」と一体になった特殊な詩であるから、ということに落ち着くだろう。

土着のもの。

固有のもの。

オリジナリティのあるものが国際的なのだ。

俳句は最も短い詩形であるから、「場」への依存度がいちばん高い。そして、この「場」の力を最大限に引き出すために、季語という一群の独特な言葉を生み出し、また、「切れ」によって自分の中に深淵を造り出した。俳句は単に最も短いというだけでなく、日本語の生理が凝縮され、その結果、変質してしまっている。ミルクからチーズが生まれるように。

そこで、世界中の多種多様な詩歌の中のひとつとして俳句があるさまを思い浮かべてみると、近代俳句が追い求めてきた西洋の詩の亜流のような俳句は一体、何なのかということになる。

地球文化の中で存在意義があるのは俳句としてのオリジナリティをもった俳句ということになるだろう。俳句としてのオリジナリティ——それは俳句性といってもいい。具体的には「季語」と「切れ」だ。

西洋文化の普遍性が幻想だったことに気づくとき、日本の近代化は終わる。

俳句の普遍性が幻想であることに気づくとき、俳句の近代も終わる。

> 私の俳句は散文の行ひ得ざることをやりたいと念ずるのみである。

波郷の言葉は多様な世界の中で、すでに新しい意味をもちはじめている。

第三章　「いきおい」について

I

谺《こだま》して山ほとゝぎすほしいまゝ

田辺聖子氏の杉田久女伝[1]を読む。

久女は伝説にまみれた俳人である。

大正七年、二十七歳のとき、「ホトトギス」[2]の雑詠欄に初入選。それ以来、燃焼度の高い俳句を次々に発表。昭和七年、「ほととぎす」同人。ところが、四年後の昭和十一年、突然、同人を除名される。戦後の昭和二十一年、精神病院で栄養失調のため死亡。五十五歳。

これだけの事実に尾鰭《おひれ》がついて、久女は実像のつかみにくい俳人になっていた。虚像がひとり歩きしはじめていた。

その虚像のなかで最も重大なのは、昭和十一年、虚子が突然、久女を「ホトトギス」の同人から除名したのは、当時すでに久女が発狂していて、おかしな言動が目立つようになり、虚子の手に負えなくなってしまったから——というものである。

それに追い打ちをかけて、封建的な女性観に基づいた悪女のイメージがついて回る。俳句に打ち込み過ぎて、家庭を犠牲にした女、人の才能に対して妬み深く、自己顕示欲の強い女、周囲の男性俳人との間に醜聞のあった女……。

伝説のなかの久女。それは勧善懲悪物語のヒロインを思わせる。自分の才能を過信し突っ走ってしまったために、周囲との調和を欠き、とうとう破滅してしまった女。そして、それを裁くのがホトトギス王国の統帥者である虚子という構図。まるで女神アテーナーに機織の技を挑み、その慢心に怒った女神によってクモに変えられてしまうアラクネーの物語だ。

田辺氏は、久女伝説のひとつひとつを洗い直してゆく。その結果、現れた新しい久女は、想像していたほど悪い人でもなければ良い人でもない。共感できるところもあれば、反発したくなるところもある普通の人間である。

田辺氏の仕事によって、久女は一枚の切り絵から、彫りの深い、かなしい生身の存在に生まれ変わったようだ。

この分厚い一冊の本のなかには、俳句への才能と情熱に恵まれたひとりの女性が立っている。育った家庭環境もよく、高い教育を受け、かなり美しい。ただ、少し不満そうに見えるのは、夫のことだろうか。画家になるだろうと期待して結婚したのに、夫は中学の教師に安住して芸術への覇気をなくしてしまっている。妻が俳句に打ち込むことに対しても、昔の普通の男の常として快く思っていない。

でも、結婚する前のお互いの期待が期待はずれに終わるのは、よくあることだ。久女の人生を動かしていた歯車は、もっと別のところ——久女自身のなか——にありそうだ。

久女は鏡を一枚、持っていなかったのではないだろうか。

久女は、周囲の人々の目に自分がどのように映っているか、過大でもなく過小でもなく人々の目のなかの自分の姿をとらえるのが、とても下手だったようだ。

そのために、自意識の暗闇のなかで、必要以上に心配したり、逆に、バランスをなくした言動で周囲の人たちを驚かしたりする。一見、両極端のようだが、自分の姿が正確にとらえられていないことの裏と表なのだ。確かに、それは、久女が珠のような俳句を生む原動力でもある。だが、社会生活では、久女の人生をきしませ、さまざまな風評や伝説をまつわりつかせるもとになっている。

世間をないがしろにした人は、世間から罰を受けなければならない。それは犯罪者も芸術家も同じだ。ただ、久女の場合は、俳句への熱意の余り、何の覚悟もなしに奇矯と思われる行動に出る。当然、自分に課される罰にも思い至らない。そこが久女という人のかなしいところだろう。

昭和十一年、久女は「ホトトギス」の同人から除名される。

（なんで、この、私が）

田辺氏の本にある、この一行は、やはり久女の生のうめき声だろう。

2

それでは、無垢ともいえる久女のような人を容赦なく罰する虚子とは一体、何者だったのか。

田辺氏の本を手に取ったとき、このなかにどんな姿の久女がいるか、という関心といっしょに、このなかに、どんな姿の虚子がいるか、という関心があった。というのは、久女を書くことは、虚子を書くことだからである。

田辺氏の本は、この虚子の洗い出しにも成功していると思う。死から三十年近く過ぎたとはいっても、いまだに、崇めまつるか、敵視するか、どちらかの態度で向かう人の多い虚子である。しかし、田辺氏の本のなかには、「墨汁のような」不気味な虚子がいる。

虚子は、なぜ久女を除名したか。

田辺氏の答は明快である。

虚子は久女がキライだったのである。

「うすあじ尊重主義者」で、人間同士の「車間距離」を重んじる虚子には、久女の情熱的な敬慕が煩しかったのだ、という。句集を出そうとしていた久女は、虚子に序文を懇願する、かなりの数の手紙を出していたらしい。

だが、ホトトギス王国の王者ともあろう虚子が、有力な同人を、ただ「キライ」という子供じみた理由で切って捨てるわけにはいかない。そこで、虚子は、久女の除名にもっともらしい理由をつけるために工作をした、と田辺氏はいう。

第一には、久女を除名したとき、いっしょに、日野草城と吉岡禅寺洞の二人を除名したこと。

「禅寺洞や草城のような、新興俳句の革新派に混ぜて抛《ほう》り出してしまえば、何となく反ホトトギス一派のように見做《な》されて、恰好《かっこう》の隠れ蓑になるのではないか。虚子はそういう心づもりで三人コミで抛り出したのではあるまいか」という。

しかし、これは推測だ。

もっと明らさまな工作は、久女の死後、虚子が書いた、いくつかの文章のなかにある。

ひとつは昭和二十一年、「ホトトギス」十一月号の「墓に詣り度いと思つてをる」[3]という文章。

ひとつは昭和二十三年、「文体」[4]に発表した「国子の手紙」[5]。

もうひとつは、昭和二十七年に出版された『杉田久女句集』[6]の序文。

虚子はこれらの文章で、昭和十一年の同人除名当時、久女の精神が破綻していたように匂わせ、自分がとった除名という強硬手段を正当化しようとしている。しかも事実の一部をゆがめてまで正当化しようとしているらしい。

そのなかの「墓に詣り度いと思つてをる」では、久女の娘からの手紙にある「生前、母を我儘で、手がつけられないといふ風に観て居りましたが、今から思ふと、急に更年期の頃から人柄の変つた母は病気でありました」という文面を逆手にとって、「此《この》手紙にあるやうに或年以来久女さんの態度には誠に手がつけられぬものがあつた。久女さんの俳句は天才的であつて、或時代のホトトギスの雑詠欄では特別に光り輝いてゐた。其《それ》が遂には常軌を逸するやうになり、所謂《いわゆる》手がつけられぬ人になつて来た」と書く。

虚子は「常軌を逸した」久女のエピソードとして、昭和十一年に虚子が渡仏した際の久女の「気違ひじみた」見送りのようすを書いているが、これは虚構であるらしい。

さらに「フランスから帰る時分にも同じ航路を取つたが為に又門司に立寄つた」として、「久女さんは私の船室を何度も訪れたさうで、機関長の上ノ畑楠窓氏に面会して、何故に私に逢はしてくれぬのかと言つて泣き叫んで手のつけられぬ様子であつたといふ。其時久女さんが筆を執つて色紙に書いたものだといふものを楠窓氏は私に見せた。其は乱暴な字が書きなぐつてあつて一字も読めなかつた」と書く。

しかし、虚子はフランスからの帰りには門司に寄港していないのだ。

虚子は昭和十一年当時の久女を、どうしても狂人にしたいらしい。

田辺氏は、虚子のこの「墓に詣り度いと思つてをる」という文章について、

　私は久女伝説のあらゆる現象は、ここに胚胎していると思っている。

とまとめている。

虚子を勉強していると、ときどき、不気味な虚子に出会う。久女の場合だけに限らない。

虚子にとっては、俳句とホトトギス王国とどちらが大切だったのか。俳人だったのか、権力の亡者であったのか——そんな疑問が頭をもたげてくる。

余りにも現世的な姿の虚子。それはたいてい、暗くて大きくて、不敵な笑いを浮かべている。

黒い虚子。

こういう虚子はなかなか好きになれない。

3

初空や大悪人虚子の頭上に

しかし、俳人であったのか、権力の亡者であったのか、と二者択一で割り切れないところに虚子のほんとうの難しさ、面白さがあるのかもしれない。

虚子のなかでは、よき俳句作家と冷酷な権力者とが、ただ表面上だけでなく、深いところで融合しているのではないだろうか。

俳句と「力」とが——といいかえてもいい。「力」という要素は虚子の俳句や俳句観に深く埋めこまれている。

虚子の俳句は「力」の表現だともいえると思う。

虚子の奥底にあって、磁力を発しつづける「力」。これが十七字の俳句になったとき、図太いとも、また、艶やかとも映るのではないか。

去年今年貫く棒の如きもの

風生[7]と死の話して涼しさよ
世の中を遊びごゝろや氷柱折る
紅梅の紅の通へる幹ならん
白牡丹といふといへども紅ほのか
春の山屍《かばね》をうめて空しかり

一句一句は、さまざまの対象をとらえ、さまざまの姿をとる。が、底の方に共通して読みとれるのは「力」である。その「力」は「棒の如きもの」から「遊びごゝろ」へ、性的な輝きから一輪の花へ、変幻をつづける。

この虚子の句の底にある「力」と同じ「力」が、ときおり、虚子の実生活の上にも、たちあらわれてくるのではないか。そして、それは現世の悪の様相を帯びることもあるのだ。

虚子が、このような「力」の放恣を自分で抑えることはない。現世の善悪の色分けは、虚子にとって、あまり意味がない。善であろうと、悪であろうと「力」のおもむくままに、なるようになるだろう。虚子は、ただ、面白いと思って——「遊びごゝろ」で——眺め入る。それは、白い牡丹の花であることもあれば、自分も含めた現実の人間模様であることもある。

虚子は、善悪を超越した、このような「力」を讃美し、信仰する。そしてその「力」に支えられた現実を肯定し、受容する。

「初空や大悪人虚子の頭上に」――この句は田辺氏の本にも引かれている。田辺氏は、そこで、

「大悪人」の要素が折々虚子には一閃することがあるのを見逃すわけにはいかない。

と書く。

だが、ここで田辺氏は句の「大悪人」の「悪」の意味を、どうとっているか――「善」に対する「悪」であるのか、それとも、もっと違う意味なのか。「大悪人」の「悪」は力を讃える美称ではないのか、と僕は思う。

たとえば「悪七兵衛景清」「悪源太」「悪左大臣」などというように、中世の武人たちの名に冠せられる「悪」に似ている。それは武人たちの荒々しい「力」への讃辞だ。現世の善悪の判断に穢される以前の、率直な感嘆の言葉なのだ。

虚子は、みずから「大悪人」を名のる。この句は一見、大謙遜に見えながら、実は大うぬぼれの句であるらしい。

自分の「力」への揺るぎない自信。

虚子は、この句でも不敵に笑っている。

4

天地《あめつち》初めて発《ひら》けし時、高天《たかま》の原に成れる神の名は、天之御中主神《あめのみなかぬしのかみ》。次に高御《たかみ》産巣日神《むすひのかみ》。次に神産巣日神《かみむすひのかみ》。この三柱《みはしら》の神は、みな独神《ひとりがみ》と成りまして、身を隠したまひき。

次に国稚《わか》く浮きし脂《あぶら》の如くして、海月《くらげ》なす漂へる時、葦牙《あしかび》の如く萌え騰《あが》る物によりて成れる神の名は、宇摩志阿斯訶備比古遅神《うましあしかびひこじのかみ》。次に天之常立神《あめのとこたちのかみ》。この二柱《ふたはしら》の神もまた、独神と成りまして、身を隠したまひき。

『古事記』の冒頭、宇宙創生神話の書き出しの部分。

虚子にみられる、「力」への讃美。これを、中世のたけだけしい武将たちも通り越して、もっと過去へさかのぼると、きっと、このあたりに帰り着くのではないだろうか。

ここは、古代の日本のいたるところにあった、のどかな水辺。太陽にあたためられた生ぬるい水と泥のなかから、翡翠の粉のような葦の芽が次々に萌えあがり、夢の速度で生長し、あたりを緑でおおってゆく。

丸山真男氏は、かつて『古事記』のこの部分に、日本人の歴史意識の「古層」[8]を読みとった。

丸山氏によると、日本人の歴史意識には、古代から現代にいたるまで、いきおいよく次々に生成するもの――「葦牙の如く萌え騰る物」――への讃美が「執拗な持続低音」となって鳴り響いているのだという。そして、この「古層」が勢力への讃美と現実への楽観――その裏側での価値判断の排除と客観主義の傾向を生んできたという。

日本の古い歴史書には、「いきおい」に「徳」という字を当てている用例もあるのだという。「いきおい」は「徳」であるという発想。

丸山氏の論考は、日本人の歴史意識についてのものなのであるが、丸山氏が指摘する「古層」は、歴史意識だけに限らず、日本人の発想全体に当てはめてみることができるだろう。

たとえば、日本には、なぜアメリカのような二大政党制が実現しないか。リリパット国のガリヴァーのように、大きめの与党と小さめのいくつかの野党という構図なのか。ビールのシェアは、なぜ、ある一社が目立って大きいのか。――もちろん、政党の政策とかビールの味の方がもっと重要な要因であるに違いないが、「いきおい」をほめるという日本人の発想法が全く無関係かというと、そうではないだろう。

この考え方が、もっとよく当てはまるのが、ホトトギス王国であり、虚子の俳句であると思う。

俳句という文芸の世界に、一時的ではあるが、なぜ「王国」と呼ばれるようなものが出現したのか。

虚子の唱えた「客観写生」が、あれほどの支持を集めたのは、なぜなのか。丸山氏のいう「古層」は、このような疑問の解決にヒントを与えてくれる。

思うに、虚子の「客観写生」は、虚子が自然や宇宙のもっている力＝「いきおい」を俳句の十七字の上に解放しようとした、そのことの裏側なのである。虚子は、今の現実を肯定し受容する。自然や宇宙のまっすぐな力を、人間の価値判断で汚すことなく、そのまま十七字にすくいとろうとする。そのため主観の排除が必要だった。それが「客観写生」ということだった。

その「客観写生」の表側にあるものを、虚子は「花鳥諷詠」と呼んだ。「花鳥諷詠」とは、人間が自然や宇宙の「いきおい」と一体になって、その「いきおい」の表われである花や鳥など、さまざまな現象をほめたたえること。「葦牙の如く萌え騰る物」への讃歌のことだ。

「花鳥諷詠」を唱え、「客観写生」を説く虚子。このとき、虚子の波長は日本人の「古層」の波長と、みごとに一致する。

虚子はエネルギーにあふれる自然や宇宙という「場」に俳句をおいた。日本人の意識の「古層」の上に俳句をおいたのではないだろうか。

丸山氏の次のような指摘は虚子の俳句や俳句観に、そのまま当てはまる。丸山氏は、江戸時代の思想のなかで「古層」がどのように表われるか、ということについて書いているのだが。

> 「いまここなる」現実の重視は、仏教とキリシタンという二つの世界宗教の「否定の論理」の否定から出発した江戸時代の思想的文脈においては、空虚な観念の弄びに対して経験的観察を強調する際のみずみずしさと、(ロ)所与の現実に追随する陳腐な卑俗さと、この両面をたえず伴い、しかもその両者が同じ人間の内

面に微妙に交錯するのはほとんど避けがたい運命であった、といわなければならない。

「みずみずしさ」と「陳腐さ」と。これはそのまま、虚子と「ホトトギス」の俳句の両面でもある。それは虚子の、自然や宇宙の「いきおい」を讃え、その一方で、主観による判断を排除するという姿勢からきている。

虚子の俳句や俳句観と日本人の意識の「古層」との対応。もし、これがなかったら、ホトトギス王国の出現も繁栄もありえなかっただろう。ホトトギス王国とは、「いきおい」をたたえる虚子の俳句と俳句観の、師弟関係への自然な延長であり反映なのだ。虚子は俳句の上にも結社の上にも「いきおい」の論理を貫いたということになる。

おそらく、虚子は原人の感覚の鋭さで、直観的にその道を選んでいたのだと思う。

5

虚子に「孰《いず》れも宇宙の現れの一つ[9]」という短い文章がある。これは虚子の俳句観を知るのにいちばん大切な文章だと思う。

そのなかで虚子は、花鳥は宇宙の現れであり、それを諷詠する俳句は偉大な詩であるという。

春夏秋冬の移り変りは大きな音をして、私等の眼前をよこぎりつゝある。又、澎湃《ほうはい》たる津波の如く常に身辺に押寄せつゝある。私等はその響とその波の中に生滅しつゝある。併《しか》し乍《なが》ら私等は、人間の場合は、他の智情意に妨げられて、種々雑多の現象に眩惑されて、動《やや》ともすると之を見逃さうとするが、山川草木の間に起る変化は他に煩はされることなく明らかにこれを見る事が出来る。花鳥を諷詠するといふ考は此処《ここ》に根ざしてゐる。

又私等の感情も、意思も、生活も、これを山川草木、禽獣虫魚にうつして、詠嘆することが出来る。何となれば、人も禽獣も草木も同じ宇宙の現れの一つであるからである。八十年の人の命も、一年の草の生命も、共に宇宙の現れであることに変りはない。花鳥だといつて軽蔑する人間は愚か者である。花鳥にも、人間に宿る如く宇宙の生命は宿つてゐるのである。よろしく花鳥諷詠の意義を知るべきである。

虚子は、この短文をこう結ぶ。

況《いわ》んや眼前に展開されてゐる禽獣虫魚の世界は偉大である。其処《そこ》に常に種々の変化は嵐の如く起り、雲の如く過ぎ去つてゆく。これを諷詠する詩は偉大なる存在ではなかろうか。

又人の姿を花鳥に見、人の心を風月に知ることは、如何に活潑潑地の詠嘆であるか。

ここには虚子の「花鳥諷詠」が奥まで見通せるように書かれている。

「花鳥諷詠」というと、何か古臭い印象を与えるが、虚子にとっては決してそうではない。花鳥は宇宙の生命を宿す偉大な存在であるととらえられ、それをうたう俳句は偉大な詩であると結論される。

「如何に活潑潑地の詠嘆であるか」。

この虚子の考え方は、宇宙の「いきおい」をたたえる日本人の意識の「古層」そのままだろう。そこでは「花鳥諷詠」は、古臭いものどころか、宇宙の「いきおい」をたたえる偉大な詩である。「花鳥だといつて軽蔑する人間は愚か者である」ということになる。

虚子が前の方で述べている「人間の場合は、他の智情意に妨げられて、種々雑多の現象に眩惑されて、動ともすると之を見逃さうとする」という考え方は、宇宙の「いきおい」をゆがめないために人間の主観を排除しようとする主張――「客観写生」の主張につながるだろう。

ここでも丸山氏のいう日本人の「古層」のふたつの特色――「いきおい」の讃美と、その裏側での価値判断の排除が平仄をそろえている。

昭和のはじめ、水原秋桜子は「『文芸上の真』とは、鉱《あらがね》にすぎない『自然の真』が、芸術家の頭の熔鉱炉の中で溶解され、然る後鍛錬され、加工されて、出来上つたものを指すのである」[10]と言って、高野素十の句を攻撃し自分の句風を擁護した。

しかし、虚子が秋桜子の句より素十の句を評価した背後には、この文章に見られる虚子の考え方が横たわっている。

「『自然の真』の他に、何の加へられたるありや」と秋桜子が酷評した素十の

甘草の芽のとび〱の一とならび

という句なども、虚子は宇宙の「いきおい」という「場」において読んでいたのに違いない。そこにおかれると、ささやかな「甘草の芽」でさえも宇宙の生命を宿した偉大な存在であり、それをとらえた素十のこの句は偉大な詩ということになる。

逆に、虚子にとっては、秋桜子の唱える「文芸上の真」や秋桜子の句は、宇宙のまっすぐな「いきおい」をゆがめ、偉大なエネルギーをそこねるものに思えただろう。

人為は最小限にとどめなければならない。

ここには、甘草の小さな芽を見つめているときでも、彼方の宇宙の息吹きに耳を澄ましている虚子がいる。

引用部分の初めの方で、虚子は「春夏秋冬の移り変りは大きな音をして、私等の眼前をよこぎりつゝある」「私等はその響とその波の中に生滅しつゝある」と書いている。

そこで虚子が「大きな音をして」「その響の中に」という言い方をしているのを見て思うのだが、虚子にとって宇宙は、まず音としてあったのではなかろうか。虚子にとっての宇宙は、澄み切った目に映る静まり返った風景である前に、奥深い耳がとらえるダイナミックな震動、波動だったのではないかと思う。

こんな表現の端に、虚子という人の秘密が垣間みえる。

俳句を「花鳥諷詠」に限定しようとする虚子の考え方を評価するにしても、しないにしても、虚子にとっての「花鳥諷詠」とは古臭いことでも、ささいなことでもなく、偉大な花鳥をよむ偉大な作業であったということをまず押さえて、かからなければならないだろう。

「花鳥諷詠」も、その裏側の「客観写生」も、虚子は「津波の如く常に身辺に押寄せつゝある」宇宙のエネルギーという「場」で唱えたのだ。

微粒子の世界から星たちの空間まで、響きわたる巨大なオーケストラとしての宇宙。小さな草の芽を見ながら、目の前に湧き起こりつつある宇宙の音を、はっきりと感じとっている虚子。

こういう虚子は、いちばん興味深い虚子だ。

同時に手強い虚子である。

なぜなら、宇宙がありつづける限り、「花鳥諷詠」は生きつづける可能性を秘めているから。「葦牙の如く萌え騰る物」をたたえる持続低音としてあるのだから。

宇宙とともにある思想としての「花鳥諷詠」。

秋桜子は越えることができたのだろうか。

6

虚子は「花鳥諷詠詩」としての俳句を、地球文化全体のなかでも堂々と通用すると考えていたようだ。

> 我等は天下無用の徒ではあるが、併《しか》し祖先以来伝統的の趣味を受継いで、花鳥風月に心をよせてゐます。さうして日本の国家が、有用なる学問事業にたずさはつてゐる諸君の力に依つて、世界にいよ〳〵地歩を占める時が来たならば、日本の文学も、それにつれて世界の文壇に擡頭《たいとう》して行くに違ひない。さうして日本が一番偉くなる時が来たならば、他の国の人々は日本独特の文学は何であるかといふことに特に気をつけて来るに違ひない。その時分、戯曲、小説などの群がつてゐる後ろの方から振はぬ顔を突き出して、こゝに花鳥諷詠の俳句といふものがありますといふやうになりはすまいか、とまあ考へてをる次第であります。[11]

昭和二年の講演の筆記である。

そのころ、日本は大陸侵略の鎌を研いでいた。翌三年には、張作霖を乗せた奉天行きの列車が関東軍によって爆破される。この文章にも、そういう時代の影は紛れもなくある。

「日本が一番偉くなる時が来たならば」と虚子は言う。ここには、時代の精神が率直に表れている。また、それは虚子の「いきおい」の美学とぴったり一致するだろう。

その後の歴史は日本の意図通りには進まなかった。第二次世界大戦で敗北し、日本の「いきおい」はくじかれる。

しかし、虚子がここで言おうとしていることは、今の時代によく当てはまる。もちろん「日本が一番偉くなった」などとは思わない。そもそも、どこかの国が「一番偉くなる」ということ自体、ありえないことだろう。むしろ、その逆に、戦後の何十年間で世界は多極化し、世界にはさまざまな文化があるということに人々は気づき始めた。そして、そのような多様な世界文化のなかで、いま日本の文化の独自性が問われている。

虚子の予想とは別の経路をたどって、「他の国の人々は日本独特の文学は何であるかといふことに特に気をつけて来る」という状況になっている。

「日本独特の文学は何であるか」。こう書くとき、虚子の頭のなかには最も土着の文化が最も国際的であるという発想がある。外国から日本に輸入された文化などに、本家の外国の人が関心を示すはずがない、と思っているようだ。

その問いの「日本独特の文学」のひとつとして、虚子は「花鳥諷詠の俳句」をあげる。

虚子には自信がある。「戯曲、小説などの群がつてゐる後ろの方から振はぬ顔を突き出して」と書いているが、これは例によって、虚子一流のふてぶてしい謙遜である。戯曲や小説は前座、「花鳥諷詠の俳句」こそ真打ちと言わんばかりである。また、「といふものがありますといふやうになりはすまいか、とまあ考へてをる次第であります」という鷹揚な文体。この言い方は、「白牡丹といふといへども紅ほのか」という句を思い出させる。

虚子のこのような自信は、花鳥は宇宙の現われ、という発想に根差していると思う。ただ、虚子は、このことを余り説明しようとしない。説明していても、余りにも普通の言葉で書かれているので、かえって気づかずに通り過ぎてしまう。

桑原武夫が俳句を「第二芸術」であると叩いたときにも、虚子は、ただ笑っていたようだ。

後になって桑原武夫は、こう書き記す。

昭和二十二年ごろ、虚子の言葉というのが私の耳にもとどいた――「第二芸術」といわれて俳人たちが憤慨しているが、自分らが始めたころは世間で俳句を芸術だと思っているものはなかった。せいぜい第二十芸術くらいのところか。十八級特進したんだから結構じゃないか。戦争中、文学報国会の京都集会での傍若無人の態度を思い出し、虚子とはいよいよ不敵な人物だと思った。[12]

虚子の思想は、いまも眠ったままだ。

第四章　間について

I

エズラ・パウンドが初めて俳句に出会ったのは、いつだろうか。

パウンドは一八八五年、アメリカ合衆国のアイダホ生まれ、一九七二年、ヴェネチアの聖ヨハネ・パウロ病院で息を引きとった。この八十七年間に、十九世紀の世紀末と二十世紀のふたつの大戦争、それに詩の変革の歴史がすっぽり納まる。

一九〇八年、二十二歳、家畜運搬船でニューヨークからヴェネチアへ。ロンドン。パリ。一九二四年、三十八歳、再びイタリアへ。ムッソリーニに共鳴。第二次大戦中、ローマから反米ラジオ放送。連合軍のイタリア上陸。逮捕。ピサ監禁。アメリカへ送還。裁判。精神病院の十二年間。釈放。そして三たびイタリアへ。このとき七十二歳。

この間に、英語の詩は象徴からイメージへ、古い韻律から新しいリズムへと変貌を遂げる。

象徴主義の人たちの「象徴」は数字の一、二、とか七のように、一定のきまった価値をもっている。イマジストのイメージは、幾何における a、b、とか x のように、不定の意義をそなえているのだ。[1]

リズムに関して。メトロノームによらないで、音楽の楽句《フレーズ》にしたがって詩を書くこと。[2]

英詩のこの変貌――化学変化の実験主任がエズラ・パウンドであり、化学反応の過程で触媒の役割りを果たしたのが俳句だった。

新倉俊一氏の「年譜」[3]によると、パウンドがロンドンに到着する二か月前、一九〇八年七月十一日付のイギリスの雑誌「ニュー・エイジ」[4]誌上で、F・S・フリントが「最近の詩」と題して日本の短歌や俳句とフランスの象徴派詩人マラルメの比較をしているという。そのなかで、パウンドにイマジズムのインスピレーションを与えた荒木田守武の句、

落《らっ》花《か》枝《えだ》にかへると見れば胡蝶かな[5]

も紹介されているという。

一九〇八年、二十二、三歳のとき。これがパウンドと俳句の――実験主任と触媒の――画期的な出会いだったろうか。

新倉氏の「年譜」をよむと、パウンドは俳句だけでなく能にも関心をもっていたことがわかる。

一九一三年、まだイギリスに滞在していたころ、能の英訳に手をつけている。アーネスト・フェノロサの訳稿をもとにしたもので、フェノロサ未亡人から、その訳稿を譲り受けていた。三年後、「日本の貴族演劇」[6]という本にまとめる。能を「俳句のイメージの原理が作品全体を統一しているながい詩」[7]と、とらえていたという。

さらに『論語』や『大学』、『中庸』、『詩経』を英訳しており、中国の古典にも憧れを抱いていた。

パウンドはアメリカ人だったが、ヨーロッパの廃墟に立ち、東洋を夢見ながら詩を書いた。

パウンドの俳句や能や中国への関心は、どんな意味をもっているのだろうか。

大昔から文明の種子は、タンポポの絮毛《わたげ》のように地球の表面を東から西へ流れているというのが正しいのなら、パウンドの夢は、この風の流れのせいであるかも知れない。[8]

オリエントからヨーロッパへ。
ヨーロッパからアメリカへ。
東海岸から西海岸へ。
アメリカからアジアへ。

2

パウンドは、こんな経験を書き残している。[9]

三年前のことパリで、私がラ・コンコルドで地下鉄《メトロ》の電車を降りたところ、不意に美しい顔を眼にした。続いて二人の顔、また美しい子供の顔、それにまた、今一人の美しい婦人を見た。その日一日じゅうこの出会いが私にもった意味を表わす言葉をさがしもとめた。だが私には、あの不意の情緒に匹敵する、あるいはそれと同じ位美しい言葉を、どうしても見つけることができなかった。

私は三十行の詩を書いたが、それはいわゆる「二流」の昨品だったので破棄してしまった。半年後にその長さの半分の詩を書いた。そして一年後につぎのような俳句風の文章を書いた。

人混みの中のさまざまな顔のまぼろし
濡れた黒い枝の花びら

The apparition of these faces in the crowd:
Petals on a wet, black bough.

パウンドは、この二行の「俳句風の文章」にたどりつくのに、俳句が役立ったと書いている。「それは、私が地下鉄《メトロ》で受けた情緒が残した行き詰りから脱出するのに役立った」。

そして、二つの俳句を紹介している。

落花枝にかへると見れば胡蝶かな

The fallen blossom flies back to its branch:

　A butterfly.

これは大変よく知られている俳句の例である。ヴィクター・プラー（一八六三―一九二九）はかつて私にこんな話をしたことがある。彼がある日本の海軍の士官と雪の上を歩いていたところ、猫が道を横切った場所にでくわした。すると、士官が「ちょっとまってくれ、いま詩をつくるから」と言った。その詩というのは、大体こんな風であった。

雪の上の猫の足あと梅の花

The footsteps of the cat upon the snow:

　(are like) plum-blossoms.

パウンドは俳句を「一種の重層の形式である」という。「つまり、ひとつの思考を他の思考の上に積み重ねることだ」という。「このたぐいの詩では、ある事柄が外面化し客観化をとげていくかさもなければ内面化し主観化をとげていく、その正確な瞬間を記録しようとするのだ」。

確かに「人混みの中のさまざまな顔のまぼろし／濡れた黒い枝の花びら」というパウンドの詩は、そのようにできあがっている。しかし、「落花枝にかへると見れば胡蝶かな」という句の方は、どうか。

この句は、おそらく謡曲の「八島《やしま》」を踏んでいる。世阿弥の作。源平の古戦場、屋島を訪れた都の僧の夢に、義経の亡霊が現われて、この世への妄執を物語る。

> 落花枝に帰らず。破鏡二度《ふたたび》照らさず。然れどもなほ妄執の瞋恚《しんに》とて、鬼神魂魄の境界に帰り、われとこの身を苦しめて、修羅の巷に寄り来る波の、浅からざりし、業因かな。[10]

守武の句はもともと、義経や世阿弥へのあいさつであり、からかいなのだ。九郎判官義経よ、世阿弥よ、あなたは「落花枝に帰らず」というが、ほら、あそこの花びらをごらんなさい。地面から舞い上がって枝に帰ろうとしているじゃありませんか——と思ったけど、よくよく見ると、なんだ、蝶々でした。やはり、あなたのいう通り「落花枝に帰らず。破鏡二度照らさず」ですね。死んで、この世を離れてしまえば、二度と戻れないのですね——というような意味になる。

『平家物語』や謡曲「八島」という「場」の上でよまれた句なのだ。

『平家物語』の故事や「八島」の謡の文句を知らないパウンドには、この「場」の力は通じない。この句は義経という日本の昔の武将をちょっとからかっているだけなんだよ、などと言えば、パウンドは毛むくじゃらの顔のなかの目を丸くして驚き、次いで、がっかりするだろう。

それではパウンドは、この句をどう読んだのだろうか。

パウンドはパウンド自身の「場」に引き入れて読んだのである。

韻律や象徴に縛られた、だらだらと長い詩から、ぶっきらぼうなリズムの、何も象徴しない簡潔なイメージの詩へ——。西洋文学独自の文脈に引き入れて、詩の変革の方向を示してくれる「イメージ」として読んだのである。

作品のなかから、作者の思ってもみなかったことを読みとる。まさに、そのために書かれた詩だと思いこむ。なにもない、まっさおな青空に、いっぱいの無色の孔雀を見たりする。

短い俳句でよく起こるこの現象は、錯覚とか誤解とかいわれる類のものだろうか。それとも、作者さえも気づかなかった作品の本質を見抜いたということになるのだろうか。

パウンドは日本人さえ気づかなかった俳句の本質を言い当てたのだろうか。

俳句はイメージの詩である、と。「一種の重層の形式」である、と。

3

俳句はイメージの詩だろうか。

パウンドが俳句をイメージの詩だと思った、いちばん大きな原因は、パウンドが、まさに、そのような詩を——イメージの詩を——求めていたからだろう。詩の変革のために。

自分の求めているイメージという「場」に引き入れて俳句を読んだから、俳句はイメージの詩に見えたのだ。

世界は人の欲望をなぞる。

俳句も多様であるから、どんな例でも十や二十は見つかる。また、それと反対の例も十や二十は見つかるといった具合だ。

パウンドが俳句をイメージの詩であると思ったもうひとつの原因は、たまたま出会った俳句が、まさに、イメージの詩ともとれるものだったことだ。

落花枝にかへると見れば胡蝶かな

守武の句は『平家物語』や謡曲「八島」を下敷きにしている。しかし、そのような古典の「場」からはずしてしまえば、ただの見立ての句である。それも、かなり芝居がかった見立てだ。

海軍将校の、

雪の上の猫の足あと梅の花

の方は、やはり見立ての句だが、守武のよりは素直だ。

模様が繰り返され、二度目の模様には若干の変化が加えられる。落花から胡蝶へ。猫の足あとから梅の花へ。

「一種の重層の形式」。

パウンドが求めていたのは、それだった。

> ある芸術家が、すばらしい女性たちの肖像画を描いたり、象徴主義者たちがいうとおりに聖母を描いたりするのに劣らない喜びを、平面の配列や物体の模様に感じうるということは、きわめて当然のように思われる。[11]

パウンドは俳句の一面を全体と勘違いしたようだ。

4

見立ての句を触媒にしてパウンドの詩が生まれ変ったということ。この誕生の過程は、パウンドのその後の詩に紛れもない痕跡を残すことになった。

たとえば「公園」[12]という詩の冒頭の一節。

> 塀に吹きつけられたゆるい絹の束のように
> ケンジントン公園の小径の柵にそって

　　女は歩く

もっと俳句に近いスタイルに直せばこうなる。

　ケンジントン公園の小径の柵にそって
　　女は歩く
　塀に吹きつけられたゆるい絹の束

「落花」に「胡蝶」が重ねられたように、この詩では「公園の柵にそって歩く女」に「塀に吹きつけられたゆるい絹の束」が重ねられる。

　これは見立ての詩だ。「公園の柵にそって歩く女」を「塀に吹きつけられたゆるい絹の束」と言い替えている。

　ふたつのイメージのつながりは、とても論理的だ。

　また、「貴婦人[13]」という詩。

　女は通りすぎて　血管に少しもおののきを残さなかった

そしていま
木のあいだを進んで
自分が引き裂いた空気のなかに
しがみつき
歩いてきたばかりの草をなびかせながら　耐えている

雨模様の寒空のしたの灰色のオリーブの葉

この詩についても同じことが言える。「雨模様の寒空のしたの灰色のオリーブの葉」は、それまでの行で描いてきた「女」の言い替えであり、集約だ。
例の地下鉄の詩[14]もそうである。

人混みの中のさまざまな顔のまぼろし
濡れた黒い枝の花びら

「花びら」が「顔」の変形であることは明白だ。

それだけではない。この詩には「地下鉄の駅で」という題までついているのだ。そうすると、「花びら」にかかる「濡れた黒い枝」が、地下鉄の闇黒の軌道の言い替えであることが、だれにでもわかる。

この詩の二行目は一行目を別の言葉で言い直しただけだ。「地下鉄の乗客の顔」と言っているだけだ。

これらの詩はどれも、ひとつの詩のなかに問いと答えが書かれてしまっている。始発駅と終着駅があらかじめわかってしまっている地下鉄のように。

女を絹の束やオリーブの葉にたとえたり、暗がりの顔と濡れた花びらを並べてみたり。言葉の選択と配合のセンスのよさという点で、パウンドの詩は大方の俳句よりはすぐれているが、最もすぐれた俳句に比べると見劣りがする。

灰汁《あく》桶《おけ》の雫やみけりきり〴〵す

一九〇八年、パウンドの目にとまった「ニュー・エイジ」誌に守武の句の代わりに、たとえば凡兆のこんな句が載っていたら、パウンドは、どう反応しただろうか。

黙って通り過ぎただろうか。

5

守武の句になくて凡兆の句にあるもの。パウンドの詩になくて凡兆の句にあるもの。

それは何だろうか。

言葉と言葉の「間」であると思う。

「間」。俳句の昔からの言葉でいえば「切れ」だが、「切れ」というと切られる言葉の方――「間」の両岸ばかりが目について、言葉の両岸にはさまれた肝腎の「間」が見えにくい。そこで「切れ」といわずに「間」というのだが、実質は「切れ」も「間」も同じである。

ただ、確認しておきたいのは、「切れ」は（従って「間」も）、「や」「かな」「けり」のような切れ字だけによって生まれるものではないということ。「切れ」は（従って「間」も）、切れ字に限らず、どんな言葉と言葉の間にでも生まれる可能性のある「切れ間」であり「すき間」である。「や」「かな」「けり」のような切れ字は、そこに間があることを、はっきり示す言葉であるにすぎない。切れ字は言葉を強調するのではなく、「間」を強調するのだ。

だから、たとえ「や」「かな」「けり」が使ってあっても、もともと「間」のない句は切れない。「きれ字に用時《もちうる》は四十八字皆切レ字也。不用時《もちいざる》は、一字もきれじなしと也[15]」という芭蕉の言葉は正確である。

守武の句やパウンドの詩には「間」がない。ということは、守武の句もパウンドの詩も切れが悪いということである。

守武の句は「かな」という切れ字を使っている。それにもかかわらず切れない。そのことを確めるために、

胡蝶かな落花枝にかへると見れば

と置き替えてみる。こうすると形の上では「胡蝶かな」で切れているのがはっきりするのだが、実質は「胡蝶」と「落花」が見立ての糸でしっかり結ばれている。

パウンドの地下鉄の詩では「地下鉄の乗客の顔」と「濡れた黒い枝の花びら」との間を、わずらわしい無数の糸がつないでいる。切れないのだ。

俳句では昔から見立ては嫌われてきた。

「間」を殺し、「切れ」を鈍らせるからだ。

「間」。

直観によってしか跳び越えることのできない深淵。

それは、いつ、どのような形で現われてくるか予想がつかない。人間の管理や操作の手の届く外側に潜んでいる。

言葉に置き替えられない濃密な無。

6

回転する車輪の有る
消える軌道
エメラルド色の響き
洋紅色の突進
草むらの花は
残らず、転げた頭をもたげる
きっとチュニスからの便りだ
軽やかな朝の飛翔[16]

エミリィ・ディキンソンの詩。

ディキンソンはパウンドが生まれた翌年にマサチューセッツでなくなった。この詩は一行一行が、ハチドリの色や動きの言い替えである。

次のは、パウンドとほぼ同時代のウィリアム・カーロス・ウィリアムズの詩。

塀のあいだの
病院
の

裏には
なんにも

生えていない
燃え殻だけ
の中でキラキラしてる
壊れた

グリーン色
の壜のかけら[17]

この詩の言葉は背後の真空のなかから、きらめきながら顕ち現れて、消えてゆく。

何も象徴しない物。

何も暗示しない言葉。

「壊れた／グリーン色／の壜のかけら」と背後の無が、お互いにそれぞれの実在を際立たせる形で共存している。

ウィリアムズの詩は、パウンドのイマジズムを超えてしまっている。ここから俳句まで、どれほどの距離が残っているだろうか。

安東次男氏は凡兆の「灰汁桶」の句をこう訳す。

コオロギの声がした。
灰汁桶の雫は止んでいた。[18]

ウィリアムズの詩は、たとえば、こんな句に似ている。

ディキンソンからウィリアムズへ。

その道のりのどこかにパウンドがいる。

> だらだらとながい作品を書くよりも、生涯にいちどひとつのイメージを表現する方がいい。[19]

パウンドは、そう言った。しかし、俳句から見ればイマジズムという考え方は、感じていることを正確な言葉で言い表わせないときのように、もどかしい。

おそらく、書かれた言葉の方に——「間」の両岸の方に気をとられすぎているのだ。

それは「イマジズム」という名前を見てもわかる。

パウンドが、もし「間」という言葉を知っていたら、イマジズムは、もっと違うものになっていただろう。

7

無いものを見るのは難しい。

パウンドは俳句の「間」に気づかなかった。

だが、これと似たことは日本の近代でも起きたのである。

近代の日本は、日本にとってアメリカやイギリスと同じ、ひとつの外国なのだ。

それは、どのようにして起ったか。

ふたつのレベルで起った。どちらにも凡兆がかかわっている。

ひとつは、子規や虚子が芭蕉や去来を置いて、蕪村や凡兆を評価するという形で出てきた。

これは、近代の俳句が写生という方法をとりいれたことと関係がある。

写生——この西洋から輸入された絵画の方法にとっては、もやもやしたところのある芭蕉や去来の句よりも、印象鮮明な蕪村や凡兆の句の方が、お手本にするには都合がよかったということだ。

方法が句の評価を変えてしまったのだ。

凡兆についてみると、虚子は「凡兆小論[20]」という文章に、こう書く。

　芭蕉、去来などが寂《さび》とか栞《しおり》とかにこだはつて、即ち彼の主観趣味に捕はれてゐる間に彼一人は敢然として客観趣味に立脚して透徹した自然の観察をやつて居る。

虚子は「客観写生」の先駆者として凡兆を引っ張り出してくる。

　鶯や下駄の歯につく小田の土

これは凡兆。

　湖の水まさりけり五《さ》月《つき》雨《あめ》

これが去来。

こうやって並べてみると、凡兆の句は「客観写生」にぴったりだ。去来の句は、とらえどころがない。

しかし、そのとらえどころのなさ、言葉で説明できないところ、それこそが「間」のなかの「間」であるわけだ。深淵をのぞきこむような。

　去来の句に比べると、凡兆の句の「間」のとり方は感覚に終始している。それより浅くもなければ深くもならない。「鶯」と「小田の土」。鮮烈ではあるが、感覚のレベルで片づいてしまいそうだ。

　こうしてみると、「間」の巨匠に挙げるとすれば、凡兆ではなく去来である。しかし、虚子は「客観趣味」に立ち、あえて去来をおろし凡兆を推す。

「客観写生」という方法のために、虚子にさえ芭蕉や去来が見えにくくなっているのだ。

　これは近代という時代が俳句にもたらしたあやかしのひとつだろう。

もうひとつは凡兆の句自体の評価の問題である。

虚子は凡兆について「敢然として客観趣味に立脚して透徹した自然の観察をやつて居る」という。しかし、虚子のいうほど凡兆は「客観趣味」の人だろうか。

　　灰汁桶の雫やみけりきりぎりす

　この句も、秋の夜の町家の土間の客観的な叙景ということもできる。

　だが、それだけか。

　この句の十七字を貫いているのは、秋の夜の底まで届くかと思われる調和のリズムである。

それは、まず言葉の音として感じられる。

akuoke no sizuku yamikeri

k音を主旋律にして始まりi音の主旋律で終わる上五と中七。前半のkの主旋律と後半のiの主旋律が交差し入れ替わる「シズク」という音。

kirigirisu

下五ではk（g）の主旋律が復活し、iの主旋律と混り合う。また、中七の最後で予兆のように現われたrの音が、ここで完全に浮上し繰り返され、最後は「シズク」という音をかすかに記憶にとどめた「ス」の音で、やすらかに終息する。

言葉の音は音楽の音と違って、単語としてひとくくりになっているから、すべて詩人の自由になるというのではない。天の采配がいる。しかし、その偶然をつかみとるのは、やはり詩人の力なのだ。

この句の調和のリズムは、次に情景自体の音となって現われる。

灰汁桶の雫と虫の声。

コオロギの声に気がつくことによって、灰汁桶の雫がいつの間にか止んでいること――ひとつの音の不在に意識が及ぶのだ。

秋の夜の深い静かさ。

この「きり〴〵す」という下五は、テコでも動かない。

しかし、ここまでだったら他の作家でも十分な努力と幸運にめぐまれれば、できるかもしれない。凡兆の凡兆であるところは、この先にある。

「物質の調和」とでも言えばいいだろうか。

コオロギの声も、「きり〴〵す」という言葉の音も、灰汁というアルカリ性の淋しい液体の質感と完璧に共鳴し、響き合う。

コオロギはアルカリ性の声で鳴き、「きり〴〵す」という言葉もアルカリ性の言葉なのだと思えてくる。

液体から音へ。音から液体へ。

次元の違うふたつの物質を調合し、響き合わせる技量。その調律は、おそらく、凡兆という気性の激しいひとりの男の五感の奥深く暗いところでなされる。

灰捨て白梅うるむ垣ねかな

市中は物のにほひや夏の月

あさ露や鬱《う》金《こん》畠の秋の風

灰の白から白梅の白へ。街のにおいから夏の月へ。あさ露から鬱金畑の秋風へ。凡兆の感覚の暗部を垣間見る思いがする。

ひっそりと暗がりにある金銀交換所。

これが凡兆の「間」である。

下京や雪つむ上の夜の雨

この句には面白いエピソードが残っている。

『去来抄』によれば、この句は初め上五がなかった。芭蕉が「下京や」と置いたけれども、凡兆は納得しないようす。そこで芭蕉は「もし、これにまさるものがあったら、私は二度と俳諧をしない」と言ったという。

このエピソードについて虚子は「凡兆小論」のなかでこういう。

恐らく凡兆は「雪積む上の夜の雨」といふ十二字で沢山で、それに何物かを附加へることは余計なことのやうな感じがしてゐたのであらう。即ち雪の積んだ上に夜になつて雨が降るといふ此《この》客観の事実に凡兆は絶大の趣味を持つてゐたのである。（中略）私は斯《こ》ういふ事を言ひ得ると思ふ。元禄時代にも今日の写生句と見られるものは皆無ではない。其《それ》は幾らかあるにはある。が、意識して客観趣味に重きを置いて純写生句を作ったものは彼れ凡兆一人あるのみであると。

凡兆が「十二字で沢山」などと思うことはないだろう。もし凡兆が純粋に「客観趣味」の人であったなら、ありうるかもしれない。「客観趣味」とは、本来そういう過激なものだから。徹底して推し進めれば定型や、しまいには季題とも対立するだろう。凡兆が芭蕉の置いた「下京や」に納得しなかったのは、そんな場面の設定ではなく、もっと違う言葉——たとえば「灰汁桶」の句の「きり〴〵す」のような、「市中」の句の「夏の月」のような——「雪つむ上の夜の雨」と物質的に響き合う何かを求めていたからだと思う。

「下京や」というのは芭蕉らしい「間」のとり方である。

だが、凡兆は感覚という自分の「場」に立って自分の「間」を求めていたのだ。

8

凡兆の句は確かに感覚的である。虚子がいうように一見、「客観趣味」に徹しているともとれる。しかし、それは言葉の浅い部分のことだ。その奥には、もっとしたたかなもの——凡兆の「間」を抱えこんでいる。

虚子や子規の立場からは、芭蕉や去来の「間」も、凡兆の感覚的な「間」も見えにくい。

なぜなら、「写生」も「客観写生」も俳句で何を書くかという点についての方法であるからだ。それはイメージについてのひとつの方法なのである。書かれる言葉と言葉のすき間や背後には積極的な注意を払わない。

自分の作品にはたっぷりとした「間」を包みこんだ虚子でさえ、凡兆を「客観趣味」の実践者としてだけ評価することになる。

そして、この虚子の与えた評価が、近代での凡兆の評価なのだ。

目の、イメージの跳梁《ちょうりょう》する近代。

ここからは、俳句の命ともいうべき「間」は地表から消えて、地下を伏流することになる。

そして、「間」が再び地上に黒々とした深淵を刻みはじめるのは、石田波郷まで待たなければならない。

六月の女すわれる荒《あら》筵《むしろ》

金雀枝《えにしだ》や基督《キリスト》に抱かると思へ

雁《かりがね》の束の間に蕎麦刈られけり

第五章　忌日について

I

芭蕉最後の旅は不思議な予兆の光につつまれている。江戸を発つ前に、

今思ふ体は、浅き砂川を見るごとく、句の形・付心《つけごころ》ともにかろき也[1]

と語っているが、「浅き砂川」のような光だ。寿貞の死や持病に苦しめられる芭蕉の心弱りのせいだろうか。

2

芭蕉がなくなったのは元禄七年（一六九四年）十月十二日。

五月、江戸を発った芭蕉は故郷の伊賀上野に入る。そこから近江へ出て京へまわり、嵯峨の落《らく》柿《し》舎《しゃ》に落ち着く。かつての内妻、寿貞尼が江戸でなくなったのを知ったのは、ここでだった。七月中旬、ふたたび伊賀上野に帰り、そこで盆を迎えた。

家はみな杖にしら髪の墓参

数ならぬ身となおもひそ玉祭り

「玉祭り」の句には「尼寿貞が身まかりけるときゝて」という前書がある。

九月になって故郷を出発、奈良に立ち寄って大坂に入る。十日、悪寒、発熱、頭痛。

此《この》道《みち》や行《ゆく》人《ひと》なしに秋の暮

此《この》秋《あき》は何で年よる雲に鳥

秋深き隣は何をする人ぞ

九月二十九日の夜、下痢が激しく、十月一日朝までつづく。容態は日ましに悪化。十月十二日午後四時ごろ、なくなった。

遺体は、その夜のうちに舟で淀川をさかのぼる。

翌朝、伏見から陸路、大津へ。昼過ぎに粟津の義仲寺に運ばれる。

ここは木曽義仲が討たれた場所。

> 木曽殿はただ一騎、粟津の松原へぞ駆け給ふ。頃は正月廿一日、入相《いりあい》ばかりの事なるに、薄氷《うすごおり》は張りたりけり。深田《ふかた》ありとも知らずして、馬をさつとうち入れたれば、馬の頭《かしら》も見えざりけり。あふれども〳〵、打てども〳〵動かず。[2]

何ものからか逃れようと必死でもがくが進まない。『平家物語』は木曽の最期を緩慢な無音の夢のなかのできごとのように描く。

芭蕉は遺言していた。たまたま上方を旅行していて芭蕉の臨終に巡り合わせた江戸の其角は書いている。

先《まず》頼む椎の木もありと聞えし幻住菴[3]は、うき世に遠し。木曽殿と塚をならべてと有したはぶれも、後のかたり句に成ぬるぞ。[4]

北陸を放浪中に訃報をきいて、義仲寺に駆けつけた路通はこう書く。

からは木曽塚に送るべし。爰《ここ》は東西のちまた、さゞ波きよき渚なれば、生前の契深かりし所也。懐しき友達のたづねよらんも、便わづらはしからじ。[5]

義仲寺のあるあたりは、路通のいう通り芭蕉にとって契の深い土地だった。境内の無名庵には、たびたび滞在している。

京都に近く、東海道、中山道、北陸道がひとつに合流する「東西のちまた」。琵琶湖の南端に面して景色もいい。「なきがらは木曽塚に葬ってくれ」。芭蕉がそう言い遺した理由のひとつには、確かに交通の便や風光もあっただろう。

しかし、其角や路通が伝えている「木曽殿と塚をならべて」とか「からは木曽塚に送るべし」とかいう口ぶりには、木曽義仲という悲劇の武将に寄せる芭蕉の思慕をみないわけにはいかない。

旭将軍源義仲。都から平家を攻め落とし、いったんは権勢を掌中にするが、しまいまで京の風になじまなかった野生児。後白河法皇の政治の手練手管に翻弄され続けた単純な男。冷徹な頼朝の軍事力にあっけなく敗れ去った男。

芭蕉は義仲のどこに魅かれたのか。

木曽の情雪や生《はえ》ぬく春の草

老俳諧師と淳朴《じゅんぼく》な若死の武将。

其角は「木曽殿と塚をならべてと有したはぶれ」という。芭蕉自身、義仲への思慕に照れているともよめる。

3

芭蕉が自分の墓所に義仲寺を選んだのには、もうひとつ、わけがある。

京に居て京なつかしやほとゝぎす

元禄三年の春夏、芭蕉は湖南、石山の奥、国分山の幻住庵に滞在する。句は、そこから京に出たときのもの。

京にいるのに京がなつかしい。

芭蕉がなつかしがっている京とは、物語に描かれ、歌によまれた京である。元禄三年、一六九〇年の京ではない。だが『源氏物語』が書かれたころの、また、西行がいたころの、過去の京でもない。

それは、今まで現実には存在したことのない京。人々の心のなかで朧月《おぼろづき》のように、ぼおっと発光している京である。現実の京とおおよそ重なり合うが、わずかにずれている。月という天体と月がまとう月の光のように。

芭蕉は現実の京にいて、この非在の京をなつかしく思っているのだ。もし現実の京から遠く離れたよその土地にいるのなら、芭蕉にとって現実の京はなく、心のなかの京だけがある。そこでは、京がなつかしいと、あらためていうことはない。

しかし、今、芭蕉は現実の京にいる。

京の現実を目の前にして、芭蕉は自分の心のなかの京が、もともとどこにも存在しない幻であったことを思い知らされる。京に出てきたせいで、それまで心のなかにあった京が幻になってしまった。

京に出てきたばかりに京がなつかしい。

京にいるからこそ京がなつかしい。

「京に居て京なつかしや」は、そうよめる。

芭蕉は自分の心のなかの幻の京に呼びかけているのだ。

それでは、幻の京をもう一度、実在の京として取り戻すにはどうしたらよいか。

京を離れるしかない。

京をしだいに遠ざかるにつれて、現実の京の印象がうすらぎ、逆に心のなかの京の面影が鮮やかになって、そのふたつがふたたび重なり合う地点。そういう場所が昔から京都のまわりにはいくつかある。

西へゆけば須磨。

北へゆけば小浜。

南へゆけば吉野。

そして、東へゆけば湖南。

京に近いが京ではない。

逢坂山を越えて、うつつの京のざわめきの気配をほのかに感じながら、心のなかの京をいきいきと保ちつづけることのできる地点。現実の京と心のなかの京が重なり合う稀な一点。

幻住庵や義仲寺のある湖南は、そういう土地のひとつではないだろうか。

「京に居て京なつかしや」といった芭蕉にとって湖南は、そういう土地としてあったと思う。

「爰は東西のちまた、さゞ波きよき渚なれば、生前の契深かりし所也。懐しき友達のたづねよらんも、便わづらはしからじ」という路通が伝える芭蕉の言葉は、京に対する芭蕉の気もちを心において読まなければならない。

元禄七年十月十四日、夜に入ってから、芭蕉は遺言の通り義仲寺境内に葬られる。

げにも所は、ながら山・田上山をかまへて、さゞ波も寺前によせ、漕出る舟も観念の跡をのこし、樵路《しょうろ》の鹿・田家の雁、遺骨を湖上の月にてらすこと、かりそめならぬ翁なり。

このころは、義仲の馬が沈んだ湿田もすでになかったかもしれないが、其角が書いているところからすると、琵琶湖が寺のすぐ近くまで迫っていたようだ。

東海道本線の膳所《ぜぜ》で降りて、しばらく湖水の方へ下ってゆくと、家々がすっかり建て込んだ街のなかに、今でも、この寺がある。

4

忌日は季題になる。

なぜだろうか。

芭蕉忌は初冬の季題。芭蕉会、芭蕉忌、桃青忌、翁忌、翁の日、時雨忌とも。「桃青」は若いころの号。「時雨忌」は芭蕉が時雨を好きだったことと、忌日がちょうど初時雨の時期でもあることから。

　芭蕉会と申《もうし》初《そめ》けり像の前

史邦《ふみくに》は蕉門のひとり。この句には「旧庵、師の像に謁《まみゆ》」とある。旧庵とは、義仲寺の無名庵。句は元禄八年、義仲寺で営まれた一回忌のときのものか。

この史邦の句は、人の忌日が季題になってゆく最初のひとこまをとらえている。

だれいうともなく「芭蕉会」という耳新しい言葉を——はじめはおずおずと、そして、いつのまにか、ずっと前からあった言葉のように何気なく——口にしはじめているのだ。

史邦は次の三回忌には、

芭蕉会に蕎麦切打ん信《しな》濃《の》流《ぶり》

という句をよんだ。この句の「芭蕉会」には一回忌の句のういういしさはもうなく、どっしりした落ち着きさえ備わっている。

忌日の句とは、もともと回忌ごとの法要に際して参会者たちがよんだものだろう。年に一度。ある季節のある一日。その日に人々が集まること。忌日は花見や月見と同じように季題になる条件をすべて備えている。

しかし、それだけか。

その日に人々が集まり、法要を営むという習慣がすでになくなっていて、それにもかかわらず十分、季題である忌日もある。現代では、たとえ法要が行われていても参会せずに、その人の忌日の句をよむことの方が多い。

回忌法要は確かに忌日が季題となるきっかけになる。が、絶対条件ではない。花見や月見はなくても、花や月が季題であるように。

むしろ、生前の関係者も死に絶え、たとえ法要が続いているとしても形ばかりの行事になってしまったとき、季題としていっそう輝きを増す忌日が、ほんとうの季題の忌日だろう。当然、一方では時間のたつにつれて色褪せてゆく忌日もある。現在、歳時記に収められている、季題として通用する忌日の多くは、実は、その選別の過程のどこかにあるのだろう。

それでは、忌日を季題とするほんとうの力は何だろうか。

5

ゆりすは《わ》る小春の海や墓の前

丈草のこの句には「芭蕉翁追悼」の前書きがあるから、芭蕉がなくなった直後の句だろう。「海」は湖、琵琶湖のこと。

小春日にきらめく湖水が幻のように揺れながら芭蕉の新しい墓の前にある。「ゆりすは《わ》る」のは湖水であるが、同時に丈草自身でもあるだろう。丈草も幻のように揺れながら黙って墓の前にすわっているのだ。

この句の「ゆりすは《わ》る」には別の句の面影がある。

芭蕉がなくなったとき、丈草は義仲寺の無名庵に住んでいた。その前の年、五年間、住んだ京を離れ、ここに移ったのだ。

芭蕉危篤の知らせを受けて、丈草は近江の他の門弟たちと大坂へ向かう。芭蕉一行の宿舎に着いたのが十月七日の夕方。

十月十一日、芭蕉の死の前日の夜、看病の弟子たちが句をよんだ。丈草の句は、

うづくまる薬の下《もと》の寒さかな

このとき芭蕉は他の弟子たちの句は気にもとめず、ただ「丈草出来たり」と丈草の句に感心した。[6]

丈草をよく理解していた勉強家の去来が書いていることだ。去来は、このときの感想をこう記している。

かゝる折には、かゝる誠こそうごかめ、興を探り、作を求るいとまあらじとは、其時《そのとき》にこそ思ひ知侍りけれ。[7]

「誠」とは誠実さ。また、真《まこと》にも通じる。自分の心の真実＝真心に従うことが、誠で

あり誠実さだ。

先生が危篤であるというような場面では、丈草の句に見られるような誠実な気持ちが起こるだろう。面白い作品を作ろうなどという余裕はないのがほんとうだろう。

そう去来はいう。

去来は丈草の根幹を見抜いている。

丈草は芭蕉の死後、無名庵で三年間の喪に服する。弟子たちのなかで、そんなことをしたのは丈草ひとりだ。

「ゆりすは《(わ)》る小春の海や墓の前」。

言葉を超えた無言の悲しみ。

この句にも「うづくまる」の句と同じ「誠」が通っている。

俳句は十七字しかないが、ときには、どんな長編小説より雄弁に作者の気持ちや人柄を語る。それも十七字の言葉で直接、語るのではなく、言葉の肌触りや言葉のまわりの空気で。

言葉の意味を超えたところで語るのだから、ごまかしようがない。世の中に対する姿勢やものの考え方が、作者が考えている以上にはっきりと俳句には出てしまう。去来の言い方を借りれば、「誠」の作者であるか、「興を探り、作を求る」タイプの人であるか。

これは持って生まれた体質であるから、どうしようもない。

俳句の言葉ほど正直な言葉もないのだ。

そして、句のよしあしも、長い目でみれば、句の言葉で言っている内容よりも、句におのずから表われる作者の態度によって決まるということではないだろうか。

「丈草出来たり」という芭蕉の最後の評は、丈草の句のその点に下ったのだ。

俳句の作者は注意深くなければならない。

芭蕉翁の七日〳〵もうつり行《ゆく》あはれさ、猶《なお》無名庵に偶居して、こゝちさへすぐれず、去来がもとへ申《もうし》つかはしける

朝霜や茶《ちゃ》湯《とう》の後のくすり鍋

芭蕉翁塚にまうでゝ

陽炎や塚より外に住《すむ》ばかり

丈草は頑健ではなかった。前の句では、お茶の湯を沸かしたあと、同じ鍋で薬を煎じる心もとない暮らしぶりをユーモラスに友人に伝え、後の句では、自分も墓に入っ

ていないだけで、すでにかげろうのようにあるかなきかのはかない身の上です、と芭蕉に語りかけている。

　どちらの句も、芭蕉への追慕がにじみでている。しかし、どちらの句にも丈草の芭蕉追慕を直接あらわす言葉は、ひとことも言われていない。

　その十七字にならない空気を、言い留めているのが句の前書きだ。

　これは逆ではない。前書きがあるから句が芭蕉追慕の色を帯びるのではない。前書きは、句がもともとまとまっている空気を軽くつなぎとめているだけなのだ。

　実際、芭蕉死後の丈草の句は、どんな句でも——芭蕉追慕の前書きがあろうとなかろうと——ことごとく芭蕉追慕の色彩を帯びている。

身を風雲にまろめ、あらゆる乏しさを物とせず、たゞひとつ枕の硬《かたさ》をきらふのみ惟然子が不自由なり。蕉翁も折〳〵是《これ》をたはぶれ興ぜられしにも、此《この》人はつぶりにのみ奢《おごり》を持てる人也とぞ。この春故郷へとて湖上の草庵をのぞかれける幸に引駐《ひきとどめ》て、二夜三夜の鼾《いびき》息を贐《はなむけ》とす。猶《なお》末遠き山村野亭の枕に、いかなる木のふしをか侘て、残る寒さも一し

ほにこそと背《うしろ》見送る岐《わかれみち》に臨て

木枕のあかや伊吹にのこる雪

この句を贈られた惟然坊、広瀬惟然は尾張関の人。前書きにあるとおり、帰郷の途中、丈草のもとに立ち寄ったのは元禄八年、芭蕉の死の翌年の早春のこと。前書きは、特に芭蕉追慕と断っているわけではない。ただ、放浪の坊主でありながら惟然が硬い枕をいやがったことを、芭蕉がからかったエピソードが語られる。句はそれを踏まえる。君が故郷の関にたどりつくまでは、まだずいぶん田舎の旅を続けなければならないから、宿々で出される硬い木の枕に閉口するだろう。でも、その木枕の垢も、先生の愛された伊吹山の残雪だと思ってくれれば、少しは慰めになるだろうか。

この句の底を流れているのも、やはり丈草の芭蕉への思いだ。

雪解け水をたたえて、きらめく早春の琵琶湖。その柔らかな照り返しのなかで別れる二人の僧侶。ひとりは、さらに故郷への道を歩み、ひとりは、そこから引き返す。田園の淡い光のなかへ消えてゆく惟然の後ろ姿を見送りながら、私もこのまま君と旅を続け、先生が好きだった、あの伊吹山の残雪を見たい、という丈草の声がきこえる。

丈草の故郷も惟然の旅ゆく方向、尾張の犬山だ。しかし、丈草には芭蕉の墓を守る誓いがある。

無名庵での三年の喪が明くと、丈草は裏手の龍ヶ岡の仏幻庵に移った。そこでも、芭蕉の菩提を弔うために、小石を集め一個に一字ずつ法華経を写し、それを埋めた塚をつくったりしている。

芭蕉への誠の思いにかけては、だれよりも深かった丈草であるのに、「芭蕉忌」という季題を入れた句はひとつも伝わっていない。

考えてみると不思議なことだ。

だが、芭蕉への思いが深かったからこそ、「芭蕉忌」の句がないのではないか。おそらく丈草は「芭蕉忌」とか「芭蕉会」とか、そういう言葉をつかう必要がなかったのだ。

6

丈草にとっては毎日が芭蕉忌だった。

十月十二日だけ、ことあらためて芭蕉忌の句をよむこともない。また、芭蕉をあまりに身近に感じているから、かえって「芭蕉忌」という突き離した言葉にしっくりしないものを感じていたのかもしれない。

芭蕉への思いが深ければ深いほど、「芭蕉忌」のような醒めた言葉はつかいにくいものだ。「かゝる折には、かゝる誠こそうごかめ、興を探り、作を求るいとまあらじ」。何々忌とよみこんだ句には、多かれ少なかれ言葉の組み合わせや言い回しを面白がり、いい作品を作ろうとする意識のあとがみえる。その分、「誠」は薄らぐ。

丈草はそれをしなかった。

確かに「芭蕉忌」と明言した句はないが、逆に、芭蕉死後の丈草の句はすべて芭蕉忌の句であるということもできる。

薬鍋が火にかけられているのをみても、惟然坊が尋ねてきても、思いが及ぶのは必ず芭蕉のことである。丈草は芭蕉追慕の思い、日々芭蕉忌の思いで朝霜や伊吹山の残雪の句をよむ。

これが丈草の句の「場」である。

「芭蕉忌」や「芭蕉会」のような言葉は、いったん「場」の思いのなかに溶かしこみ、まったく別の形の句にして取り出してくる。

丈草に前書き付きの句が多い理由もここにある。前書きというものは、句の言葉以前の部分である「場」を書きとめておくものだから。

前書きは、丈草にもっともふさわしいスタイルだった。そこから、伊吹山の句のような味わい深い前書きのある句が生まれてくる。

あの句は丈草の日々忌日の思い、言い換えると芭蕉への「誠」の思いが、そのまま形になったものなのだ。

7

日々忌日の思い。

芭蕉もそうだったのではないか。

鐙摺《あぶみずり》、白石《しろいし》の城を過《すぎ》、笠島《かさしま》の郡《こおり》に入れば、藤《とうの》中将実方の塚はいづくのほどならんと、人にとへば、「是《これ》より遥《はるか》右に見ゆる山際の里を、みのわ・笠島と云《いい》、道祖神の社《やしろ》、かた見の薄、今にあり」と教ゆ《(ふ)》。此比《このごろ》の五月雨に道いとあしく、身つかれ侍れば、よそながら眺やりて過るに、蓑輪・笠島も五月雨の折にふれたりと、

笠島はいづこさ月のぬかり道

『おくのほそ道』は一見、名所、旧跡めぐりの紀行文として読める。だが、別の光を当てると、また違う姿が見えてくる。

藤原実方は平安中期の歌人。摂関家の出で左近衛中将にまで進んだが宮中でのけんかがもとで陸奥守に左遷。笠島の道祖神の前を馬に乗ったまま通ろうとして落馬し、それがもとでなくなったという。直情径行の人であったようだ。宮中の風に納まり切らぬところ、義仲に通じるところもある。芭蕉は、どうもこのタイプの人物が好みだったようだ。

「かた見の薄」は西行の歌を踏まえる。

> みちのくににまかりたりけるに、野中に、常よりもとおぼしき塚の見えけるを、人に問ひければ、中将の御墓と申すはこれがことなりと申しければ、中将とは誰がことぞと又問ひければ、実方の御ことなりと申しける、いと悲しかりけり。さらぬだにもののあはれにおぼえけるに、霜がれの

薄ほの〴〵見え渡りて、後にかたらむも、
詞《ことば》なきやうにおぼえて

朽ちもせぬ其《その》名ばかりをとどめ置きて枯野の薄かたみにぞ見る [8]

芭蕉が笠島へ行きたいと思うのは、そこに実方の墓があり、また、そこで西行が歌をよんだからだ。実方や西行への思慕が芭蕉を笠島へ向かわせる。笠島に宿る実方や西行の精霊たちが芭蕉を引き寄せる。

ここでは五月雨に道がぬかるんで、そこまで行けない。しかし、昔の歌人たち、西行や能因や実方への思慕は『おくのほそ道』の全篇にゆきわたっている。

『おくのほそ道』の旅は、東北や北陸の各地に宿る精霊や神々への巡礼の旅でもある。精霊や神々への憧れが、芭蕉をほそ道の旅の先へ先へと向かわせる。

しかも、『おくのほそ道』のスタイル——地の文のところどころに句が散らばっているスタイルは句や歌の前書きが進化したものだ。

丈草が前書きを活用したように、芭蕉の場合も、句の十七字には入らない昔の人々への追慕の思いが、こんなスタイルをとらせたといえないだろうか。

古人への追慕。

日々忌日の思い。

ここに忌日を季題にする大きな力が宿っている。

日々の生活にしみこみ、広がってゆく追慕の思いは、逆に核となる忌日の季題としての磁力を強める。

死によって宇宙のすみずみまでエーテルのように溶けこんでいる芭蕉。芭蕉忌という季題は、宇宙のかなたへ消え去った芭蕉への呼びかけ。初時雨のかなたへ遠ざかる芭蕉の後ろ姿への問いかけなのだ。

だから、忌日の句では、法事のようすをよんだり、取り合わせの面白さを楽しんだりするのは、ほんとうは大したことではない。また、何々忌という言葉がよみこまれているかも重要ではない。

忌日の句では、その人への誠の思いが始まりで終わりだ。

8

このことは忌日以外の季題にも当てはまる。

月は一年中みられるが、季題としての月の力は、秋、それも仲秋の名月の一夜に集中する。

花も、どんな季節でもたいてい何かの花が咲いているものだが、花という季題の力は春の桜だけに限られる。

そして、月という季題も花という季題も宇宙に満ちている月の命、花の命への呼びかけであり、問いかけであるということだ。

月の忌。

花の忌。

忌日には季題というもの全体の性格が端的に表われている。

季は忌なのだ。

9

近代になると、忌日の句は何々忌という言葉を十七字のなかに直接、よみこんだ句が多くなる。前書きによる忌日の句など、あまり見ない。

一方、なぜか忌日の句は嫌われる。

どうして、そんなことが起きてくるのだろうか。

題は小春と一茶忌だつた。二題併《あわ》せて四句といふので僕は一茶忌を三句出した。

一茶忌や何も乏しき戦の世
一茶忌や父を限りの小百姓
持ち古りし七番日記祀りけり

句会が終ると曹長がわざ〳〵二人の病室を訪ねてきて二人の出句の成績を告げ講評をした。ぼくの第三句は季題がないぞといふから七番日記祀るといふのがさうだと答へると一茶忌とはつきり言はなければ駄目だと教へられた。[9]

石田波郷の随筆の一節。中国の戦地の病院に入院していて、患者や医師たちの句会に参加する。

ここで「一茶忌とはつきり言はなければ駄目だ」という曹長の講評は、忌日の句に対する近代という時代の声を代弁している。

近代になると俳句は雑誌や句集に並べられる「作品」になった。そのために、俳句は十七字だけで成り立たねばならない、というのが近代俳句の立場。十七字以前の「場」というような、形がなく移ろいやすいものは無いものとして扱われる。実際は、どんな俳句にも「場」があって、「場」のうえでしか成り立たないにもかかわらず、無視される。

それは、近代俳句が前書をいやがるという形になってあらわれる。

前書きとは「場」を言葉にしたもの。

波郷の第三句、「持ち古りし七番日記祀りけり」という句は「一茶忌」という前書があれば、十分、通じる句だ。しかし、近代の俳句は、十七字だけで完結しようとするから、それを嫌う。俳句の「場」も十七字のなかに取りこもうとする。

それが「一茶忌とはつきり言はなければ駄目だ」という曹長の言葉だ。

こうなってくると、忌日の句の成り立つ余地はほとんどない。

「一茶忌とはつきり言はなければ駄目だ」とすれば、あとは自然、一茶忌という言葉に何を取り合わせるかということに思いが行ってしまう。忌日の句にとって、いちばん大切な「誠」が抜け落ち、「興を探り、作を求る」方に傾きがちになる。

近代俳句の作品主義は忌日の句というものの本質と真向うから対立する。

忌日の句が嫌がられる最大の理由はここにあるだろう。

歳時記の例句をみてもそうである。

忌日の例句には、何々忌とはっきり言っている句しかとりあげない。

春空に虚子説法図描きけり

阿波野青畝の句。この句には虚子の忌を修する心ばえがある。

だが、この句を虚子忌の例句にあげている歳時記を見たことがない。あれば「春の空」の項目である。

近代俳句は、あくまで十七字の言葉にこだわる。ときにはお役所仕事のように杓子定規になることもある。

忌日の句をみていると、俳句が近代になって得たもの、失ったものが見えてくる。忌日が季題というものの性格をよく現わしているものであるなら、それは同時に、すべての季題が近代になって背負った問題でもあるだろう。

第六章　都市について

I

少し前のことになるが、荒川洋治氏がこんなことを書いていた。[1]

> ぼくはやっぱり俳句はわからないなと、あらためて思っているところだ。その90%はぼくの読みの力の不足だ。残りの10%はおそらくぼくの責任ではなかろう。俳句がよみづらいものだという点が一番のブレーキになっているのだと思う。特殊なことばが多すぎる。特殊なことばといっても造語ではないから、歳時記なり辞書なりをひっぱればあらかた意味はわかる。しかしこの忙しい時代にそんなものいちいちひいているひまはないという読者の事情がある。

荒川氏は、ある雑誌から星野麦丘人氏の句をいくつか挙げている。「ぼくの知らないことば」には実線、「一応の意味はわかるが句における意味合いがわからないもの」には破線がひいてある。こんなふうに。

楠ばかり見て歩きけり暑かりき
すひかづらむかし裁縫女学校
花石榴十三日の金曜日
虚子青畝すなはち波郷夏椿

ぼくはいいとして、これからの若い世代は俳句をどうとらえていくだろう。と考えると未来は暗いのではないか。ひょっとすると、ぼくなどはまだいい方で、――と……だらけ、つまり「全滅句」が多くなることは必至だ。逐一、本や自然にあたれば意味はつかめる。しかしそこまでするのは研究者ぐらいなもので、ふつう文学ファンは（文学ファン自体引っ越しをはじめている）、はなから遠ざけるであろうと思われる。どうするのだろう、俳句は。

バカをいえ、俳句は結局高度、高密な教養なんだ、そして偉大でデリケートな自然とくっついているんだよ。知らなかったら知らないことがダメなんだ、さっそく教養をつみ自然にふれ、学んでいけばわかるのだ、と俳句の人たちはいうであろう。その気持ちもわかる。しかしながら教養も自然も、これからはあてにしないという人たちがぞろぞろ出てくるのだ。教養とか自然といったものに関わらないところでいきいきとものを作ったり考えたりしようという人たちが、出てくるわけなのだ。そしていつかはその人たちで世界がマンパイになる。新たなコモンセンスによって。

と書いてはみたが、これはちょっとちがうかもしれない。俳句が特殊な教養、特殊な自然を出してくるためになじめないというのが正解かもしれない。いうまでもなく教養や自然に罪はないのだ。

ぼくが俳句に対して一番はらが立つのは、その特殊な教養の部類に属することで、俳人の名前をむやみに詠み込む句があるということである。なぜ一句の中に他の俳人の名前を折り込まねばならないのか。人名はこの星野句のように一般に知られているものもあるが（芭蕉、西行など）、これは例外というべきで、俳句をやっている人だけが知っているような細かい、故人のものがずいぶん多い。何か勘ちがいしているのではなかろうか。理解に苦しむ。

（中略）

こういうウチワの人名を夏だけでなく一年じゅう振り回すというのはどういうものだろう。○○忌とかいうのも大安売だ（たとえ高名な忌にせよ）。どうリクツをこねようと、この習慣はいただけない。それにしても故人の名前ばかりとはどうしたことか。なんだ、俳句というのは俳壇と過去のことを詠んでいるだけじゃないかとなって、人には遠ざけられることまちがいない。俳句には、教養と自然が必要な度を超えてありすぎる――そういう結論になるだろうか。過度な教養、過度な自然、さらに過度な故人はものを見えなくする。それは世界のまずしさなのだ。

なぜ、こんなことが起こるのだろうか。

2

若いうちは、こってりとした味つけの料理が好きだった人が、年をとると淡白なものを好むようになる。言葉に対する感受性も年をとれば変わる。若いときにはつまらなく思えていた詩が、年をとってから読むと俄然、おもしろいものだったりする。世の中には年をとるにつれて、しだいに見えてくるものがあるかもしれない。

ならばある時点でわからないからといって、すべて切って捨てるのではなくて、「わからないもの」として留保しておいてもいいのではないか。特殊なことばが多すぎる、歳時記や辞書をひいているひまはない、などと言わないで、やはり歳時記や辞書に当たってみる方がいい。

第一、特殊な言葉と普通の言葉の境界線など実にあいまいな、あって無いものなのだ。図書館や専門業者の倉庫の奥で長い間、ほこりをかぶっていた言葉が、一夜明けてみると、だれもが口にする流行語になっていたり、逆に一世を風靡した言葉が、たちまち忘れ去られたり、そんなことはしょっちゅう起こる。

3

ことに俳句の場合、「特殊な言葉」が多くなる可能性が初めから高い。俳句は十七字という短いものだから、句の言葉を句の中で説明することをしない。そういうことを嫌う。だから俳句の読者は何の予備知識もなく、俳句につかわれた「特殊な言葉」

と対面することが多くなる。

荒川氏が「ぼくの知らない言葉」として実線を引いた「すひかづら」「花石榴」「夏椿」などは、どれも季語と呼ばれるものだ。このような季語がつかわれるには、スイカヅラやザクロの花やナツツバキの花のようすや咲いている風情を、句を作る人も読む側の人も十分に知っているということが前提としてある。その前提が崩れたとき、その句はその人にとって、わからない句になる。

花石榴十三日の金曜日

この句の「花石榴」と「十三日の金曜日」は切れている。このふたつがどういう切れ方をしているのか、逆にいえば、どういうつながり方をしているのかを納得するには、やはりザクロの花のことをよく知っている必要がある。そのうえで「十三日の金曜日」ともってくるのが平凡であり、つまらなければ、この句はつまらない句なのだ。しかし、ザクロの花をよく知らない人が、この句をどう評してみたところで、この句が駄作なのか秀作なのか決めようがない。

切れにも前提がある、ということだ。

虚子青畝すなはち波郷夏椿

この句の場合、石田波郷の言葉、「僕の系譜は虚子―青畝―古郷―波郷となる」[2] という言葉を前提にしている。星野氏のような波郷の弟子や波郷を勉強している人なら知っているだろうが、そうでない人は何のことかわからないだろう。この句は波郷の言葉を知っている人のために作られたのであり、知らない人は初めから相手にしていない。

この句がわからないからといって、当惑したり憤慨したりすることはない。世の中にはいろんな人がいていいわけであるから、ある俳句をだれもがわからなければならないということはない。わかる人が何人かいる一方で、わからない人がもっとたくさんいて正常である。そう割り切ることもできる。

俳句は言葉でできているから、一見、だれにでもわかりそうに思えるが、実はそうではない。断り書きはないが、言葉以前の、見えない前提がいくつもある。とくに季語の場合、季語を言葉として知っているだけでは不十分で、その実体や背景をよく承知しておく必要がある。もし、そうでないと、作者と読者との間の約束の「場」ができないから、その句は無駄な句になる。

わからない句に出会ったら、黙って通り過ぎる。短い俳句には、もともとそういうところがある。「どうするのだろう、俳句は」といわれても、そういうものだというしかない。

4

小説や詩の読者が近代劇の観客に似ているとすれば、俳句の読者は能の観客に似ているのではないか。

近代劇を観る人は、劇場の椅子に腰かけてさえいれば、やがて幕があき、舞台の上を通り過ぎるいろいろな登場人物から、せりふやしぐさが次から次に一方的に洪水のように浴びせかけられる。近代劇の観客は役者たちの演技の受け手であり、舞台に対して受け身の位置におかれる。

能を観る人の場合は、こうはいかない。

確かに能舞台の前にすわっていれば、いつか笛や太鼓や鼓が鳴って風のように役者たちが舞台の上に現われ、簡単な劇を演じたのちに、また風のように舞台から消えてゆくだろう。しかし、ただそれだけのことで、観客たちは、あまりにもあっけない劇の進展に、不満をもらすかもしれない。役者の動作は出し物によっては、ほとんど目立たないものであるし、せりふもよくききとれない。

能を観る人は、一曲の能を十分に楽しもうとするのならば、自分の方から、その能の世界に入っていかねばならない。無表情な面のほんのかすかな表情の照り翳《かげ》りを見落としてはならないし、役者の抑制されたわずかな所作に注意を払わなければならない。

能の舞台と客席の仕切りは、近代劇の劇場の様には截然《せつぜん》としていない。ときには観客が——ギリシャ劇のコロスのように——劇の進展に参加する場面もある。

「葵上」の六条御息所の怨霊は、客席の期待に引き寄せられるようにして橋がかりを進んでくる。笛の音に誘われ、鼓の音に促されながら。この場面では、正体を見破られまいとして登場をしぶる御息所の怨霊を、観客席の最高潮に達した期待がとらえ、曳きずり出すのだ。般若《はんにゃ》の面をつけた怨霊は橋がかりの途中から何度か後へ引き返そうとする。しかし、それは観客が許さない。

能の観客は、舞台の上の物語の進展に参加し、ときには能動的な役割りを演じる。

俳句は近代劇より能に似ている。俳句の方から読者に向かって饒舌にしゃべりかけることはしないから、読者の方から積極的に俳句のなかに入っていかなければならない。

俳句がわかるか、わからないかは、ひとつには、このような俳句の言葉の仕掛けに気づくかどうか、その仕掛けを面白いと思って、それに参加するかどうかにかかっている、ともいえそうだ。

5

「教養も自然も、これからはあてにしないという人たちがぞろぞろ出てくるのだ。教養とか自然といったものに関わらないところでいきいきとものを作ったり考えたりしようという人たちが、出てくるわけなのだ。そしていつかはその人たちで世界がマンパイになる」というのは本当だろうか。

教養の方はどうでもよいが、自然については疑問に思う。

たとえば都会のまん中の超高層ビルの一室で芸術家の男と女が暮らしているとしても、もしふたりが「自分たちは自然とは関わりのないところで、いきいきとものを作っている」と思っているとしたら、かなり愚かな図になるだろう。

ちょっと考えてみるだけでいい。君たちが毎日、食べているパンはどこから来るのか？——ショッピングセンターのパン屋から——それでは、パンを作る小麦はどこから来るのか？　牛乳は？　肉は？　野菜は？　ワインは？　君のパートナーはどこから来たのか？　君自身はどこから来たのか？　作品を生み出すインスピレーションはどこから来るのか？　そして、君たちはどこへ去るのか？

　街の生活も結局は、それをとりまく田園と自然のうえに成り立っている。雨水を蓄え、都市に水を送り続ける森がなくなれば、街は三日ももたない。ワインやチーズの製造工程は、葡萄畑や農場に棲みついているたくさんの微生物の力に頼っている。水道管や、電線、流通網といった都市に張りめぐらされている血管や神経をたどってゆくと、ほとんど周辺の森や田園にゆきつく。森や田園は都市がなくても——少しは淋しくなるかもしれないが——何ともない。だが森や田園がなくなれば都市は消えてなくなる。

　都市は自然のなかに浮かぶ島なのだ。

　街のネズミたちが、こうした自分たちの根拠に気づかないで生活しているとしたら、ずいぶん、ひとりよがりの浅はかな光景だろう。まして、自然に関わらないところでいきいきとものを作ったり考えたりしようという人たちで、いつかは世界がマンパイになる、なんてことは起こりそうにない。

都市と田園、街のネズミと田舎のネズミは均衡を保つだろう。

都市での自分たちの生活が、どのように自然と結びついているか。自然はどういう形で都市の生活にしみこんでいるか。何もそれは人工的に管理される街路樹や公園のサルビアばかりではない。都市の背後にひろがる草原や海や星空——都市の根拠としての自然に想像力を働かせること。こういう仕事こそ「いきいきとものを作ったり考えたりすること」の最も大切なひとつではないのか。

俳句の季語は、もともと、そういう働き方をする言葉だ。

居ごこちのよい椅子から立って、扉を開きその言葉のなかに入ってゆきさえすれば、草原や海や星空の、さまざまな宇宙がどこまでも続いている。

マンダラのような言葉。

そこに行くには、ただ、自分の方から扉を開き、なかに入ること——参加することが必要だ。

言葉の方は、さりげなく、そこにあるだけなのだから。

6

狂句こがらしの身は竹斎《ちくさい》に似たる哉　芭蕉
たそやとば（ママ）しるかさの山茶花《さざんか》　野水
有明の主水《もんど》に酒屋つくらせて　荷兮
かしらの露をふるふあかむま　重五
朝鮮のほそりすゝきのにほひなき　杜国
日のちり〳〵に野に米を苅《かる》　正平

貞享元年（一六八四年）初冬、『野ざらし紀行』の旅の途中、名古屋を訪れた芭蕉を囲んで野水、荷兮、重五、杜国が巻いた歌仙「狂句こがらしの巻」[3]の表六句。正平は記録係だが、六句目に自分の座をもらった。

安東次男氏は評釈[4]のなかで、正平が稲刈りのことをわざわざ「米を苅」という奇妙な言い方をしていることに目をとめている。

稲刈を「米を苅」と云回したところも、単なる貞享頃のはやりと見過すわけにはゆかぬようだ。「米を苅」は季語とも云切れぬ。春秋の句は三句以上（五句まで）という制式に照らせば、はこびは次のように読める。

有明の主水に酒屋つくらせて――雑（月―秋）
　かしらの露をふるふあかむま――秋
朝鮮のほそりすゝきのにほひなき――秋
　日のちり〳〵に野に米を苅――雑（秋）

つづきを秋三句と見るか四句と見るかは、人それぞれで、当座のことは作者たちにでも聞くしかないことだが、「米を苅」は「有明の主水」をにらんで合せの秋とした一趣向と読んでよい。ならば、雑の詞を以てしたこの稲刈はよほど季節外れで、さては晩稲刈りなるか。思いがけぬところに滑稽の狙いをさぐらせる。こういう趣向も例を見ない。「にほひなき」を細り芒《すすき》から落日に移した付には違いないが、そもそも思付のヒントは前句の作者（杜国）が米屋だったからかもしれぬ。

坪井杜国は名古屋の裕福な米商人だった。このとき二十八、九歳。ところが翌年八月、空米事件に連座して財産は没収、三河国保美村、伊良湖に謫居《たっきょ》。『野ざらし紀行』の旅から四年、芭蕉は、『笈の小文』の旅の途中、保美の杜国を訪ねている。

　骨山と云《いう》は鷹《たか》を打《うつ》処なり。南の海のはてにて、鷹のはじめて渡る所といへり。いらご鷹など歌にもよめりけりとおもへば、猶《なお》あはれなる折ふし。

　鷹一つ見《み》付《つけ》てうれしいらご崎[5]

この句の「鷹」には杜国の面影が重なる。

　うれしさは葉がくれ梅の一つ哉

芭蕉と再会する一、二年前の杜国の句。謫居の身でありながら、むしろ朗らかな隠《いん》遁《とん》の心でよんでいる。芭蕉の句は、杜国の、野にある人の自由な気風に和している。ふたりの句が湿らないのは、「南の海のはて」といい、冬になって鷹が最初に姿を見せるところといい、黒潮の海に突き出た半島という開放された明るい土地の力かもしれない。

芭蕉はこうもよむ。

杜国が不幸を伊良古崎にたづねて、鷹のこゑを折ふし聞て

夢よりも現《うつつ》の鷹ぞ頼母しき

杜国はこの数年後、三十代半ばでなくなる。のこった句をみると、繊細だが素朴な覇気のある人物だったようだ。こういう人物が家屋敷を没収され謫居の身となる。芭蕉は、この種の屈折を好むところがある。翌年春、吉野への旅に杜国を伴っている。

しかし、今はまだ、それより四、五年前。野水邸での歌仙は始まったばかりだ。俳諧に新風を打ち立てようとしていた芭蕉を迎えて連衆たちは、きおいたっている。杜国は、やがて自分にふりかかる運命を知らない。若く、羽振りのよい米商人だ。

六句目で正平が「米を苅」と付けたのは、確かに安東氏の指摘のとおり、前句の杜国を念頭においてのことかもしれない。

杜国が米屋であること。こんなことは歌仙の言葉だけをみてもわからない。「米を苅」も変な言い方だな、と思うぐらいで、読みすごしてしまう。けれど、歌仙は、仲のよい数人の連衆で巻くものだから、こんなことはしばしば起こる。

安東氏の評釈は時間の激流のなかに飲みこまれて消えてしまいそうな一夜の連衆の座の微妙な明暗を克明に再現し書きとめようとする。レンブラントの画筆のように。言葉のかげに隠れている、はかないものに光を当てて確かなものにしようとする。

安東氏の評釈をよんでいると、抽象的な真空のなかで成り立っているかのように見える言葉が、ほんとうは、とても具体的な状況のなかで生まれるということ、言葉を生んだ具体的な状況は時間とともに消えてしまうが、言葉も時間がたつと内実が抜け落ちて空蟬《うつせみ》のようなものが残されること、普遍的な力をもっているかのような言葉も、実は状況と同じように、はかないものであること、そういう言葉を読むということは、その言葉の生まれた具体的な状況へ帰ってゆく作業であること——そんなことを考えさせられる。

歌仙の言葉は、連衆の座という「場」のなかから生まれたものだから、連衆の座を度外視して読むことはできない。その言葉には、さまざまなものが反映される。連衆たちの身の上や将来への夢、土地柄、時代の風物や流行、古典の知識。どれも当の連衆たちには黙っていても、わかることかもしれないが、連衆外の人たち――時代を隔てた現代の人たちとか、当時でも連衆以外の人たちには、なかなか、わかりにくいことばかりだ。

歌仙というものは、連衆という数人の――しかし、濃密な――「常識」のうえに成り立っていたということだ。

歌仙の言葉の常識を形作っていた、芭蕉の時代のこまやかな連衆は現代にはない。人々の波が、海か砂漠のように果てしなく続いているばかりだ。

ところが、面白いことに俳句は、生まれたてのころの性質を今も、こっそりと遺伝子のなかに隠しもっていて、それがときどき表にあらわれる。数人にしかわからない言葉を大勢の前でつかってしまう。わからない言葉をきかされた人は当惑し、なかには怒りだす人もいる。言った方は、それを見て、なぜ、人々が自分の言葉を理解しないのかがわからなくて当惑する。しかし、わからなくて当たり前。その言葉の共通の「場」がもともとないからだ。

どこかのレストランで、ちゃんと常識をわきまえているように見える、ごく普通の若い女性が、先祖のゴリラやオランウータンがやっていたのと同じように、いきなり、皿の料理を手づかみにして、かぶりつくのと同じだ。そんなことは動物園の檻《おり》のなかでなら少しもおかしくないのに、公衆の面前でやれば、あきれる人もいれば、おこりだす人もいる。給仕に出て行って下さいと言われるかもしれない。

俳句に対する荒川氏の当惑、また怒りは、これに似ている。

「虚子青畝すなはち波郷夏椿」。この句は、波郷を知っている人の間でしか成り立たない。いい匂いをさせているスイカヅラの花、鶏血石《けいけつせき》のかけらのようなザクロの花、やわらかな縮《ちぢみ》の布地を思わせるナツツバキ——優しい草花や樹木たちの「場」も、そう広くはなさそうだ。

なのに、そんなものをよみこんだ俳句が、街の普通の本屋で売っている俳句雑誌のページに——無防備に!——並んでいる。

確かに、ものごとには奥というものがあって、初めのうちはわからなくても、わからないままに慣れ親しんでいるうちに、しだいにわかってくる世界がある、というのもほんとうであるから、俳句がわからないと不満をもらす人には、わからない方が悪いんだと一喝しても、そう理不尽なことではない。

だが、俳句の言葉は、言葉以前の共通の常識がなければ通用しないというのも、ほんとうのことなのだ。

荒川氏の文章は、大勢の前では俳句の言葉は、なかなか通じにくいという俳人がよく忘れてしまう大切なことを思い出させる。

7

俳句には結社というものがある。

なぜだろうか。

結社は俳句にとって、どんな働きをしているのだろうか。会員や同人たちが鍛錬し合い、初心者が勉強するところ。勢力を広げる道具。あるいは主宰者といわれる人たちの生計を支えている場合もある。

しかし、結社の役割のなかで、もっとも目立たなくて、だれもあまり気づかないが、いちばん重要なのは、俳句の言葉の共通の「場」を提供するということだ。荒川氏がわからなかった麦丘人氏の句も、麦丘人氏と同じ結社の人は、こともなくわかるだろう。

結社の規模、結束力、中心人物の器、抱えた人材、後世への影響力——そのどの点をとっても群を抜いていたのは虚子の「ホトトギス」だが、俳句の言葉のコンセンサスを用意するという点にかけても「ホトトギス」は、やはり、ぬきん出ていた。

花鳥諷詠とか写生とかいふ言葉は、いひ古した言葉であるが、併《しか》し時にこれを反覆して見ることも必ずしも無用のことではあるまい。

「いつまでも写生と花鳥諷詠ですね。」

と或人がいつたことがある。私は、

「それで結構なのです。」

と答へた。看板を新しく塗替るといふことは政治的の意味が含まれてゐることであつて、時の勢を察して其を迎へ新しく看板を塗替へるといふことをするものゝやうである。それよりも、いつ迄《まで》も同じ信条を守り、深く其《その》意味を探求していく方が私の心にぴつたり当嵌《はま》るのである。信条といふものは繰返し〳〵反復することによつて理解が愈《ますます》深くなつて行くのである。[6]

ホトトギスの俳句の言葉の常識。それは、たとえば、ここで虚子が「信条」といっているもの。具体的には「花鳥諷詠」と「写生」だ。

「花鳥諷詠」とは——同じ文章のなかの虚子の言葉を借りれば——「春夏秋冬の種々の現象（自然及び人事）を諷詠すること」。また、「写生」の方は「其《その》自然の中に飛込んで其《その》相を把握し、之を（俳句に）現すこと」。虚子は自ら省みて「自然これは虚子の主張ホトトギスの主張のやうな観を呈して来る」という。

俳句の言葉の常識としての自然。虚子は文章や自分の俳句や「ホトトギス」の雑詠の選句など、あらゆる機会をとらえて、これを押し広げてゆく。

高々と蝶こゆる谷の深さかな

蜂の巣をもやす夜のあり谷向ひ

山冷えにまた麦粉めす御僧かな

たとえば、原石鼎の句について、こう書く。

「高々と」の句は、蝶々がこちらの岨《やま》から向ふの岨まで飛んで行く時の光景を言つたので、蝶々は只此方の側から彼方の側に渉《わた》る為めに飛ぶのであつて、下に谷のあるなしは頓着ないから、高々と飛んで行く。其《その》下には谷が深々と横はつてゐるといふのである。蝶の高く渡る程谷の深い心持が強くなる。「蜂の巣」の句は、谷の向ふに夜熾《さか》んに火が燃えてゐる、どうしたのかと思へば大きな熊蜂の巣かなんかあつたのでそれを燃やすのであつた。山住みをしてゐるとさういふ一夜もあつたといふのである。「山冷に」の句は、山に住まつてゐると夜になつて格段に冷えて来る。そこであゝ又冷えて来たといつては麦粉を湯に溶いて暖かな麦湯を拵《こしら》へて僧はそれを飲むといふのである。[7]

高々と谷の空を飛ぶ蝶。夜の山に燃える火。ひえびえとしてきた晩の麦湯。少し前までは日本のどこにでもあったもの。これが虚子の自然だ。

近代の俳句の結社は、この自然という常識を維持し会員に提供する働きをしてきた。芭蕉の時代、歌仙や俳諧の言葉の常識が連衆の座のなかで保たれていたように。

自然がいたるところにあるうちは、このような結社の働きは正常である。あまり、うまく働いているので、結社が実際にあり、役に立っているのかどうかもわからないくらいだ。空気のように。

だが、まわりの自然がだんだんなくなってくれば、結社とその外側の間に溝ができはじめる。結社が能力を十分、発揮しているように見えるのは、実はこのときだ。

しかし、その溝がさらに広がってくると、そうはいかなくなる。

しかも、結社の雑誌以外に、俳句の商業雑誌が現われて、結社以外の人でもだれでも俳句が読めるようになる。結社のなかの常識に保護されていた俳句が、その常識の通じない本屋の店頭に吹きっさらしで置かれる。俳句は、わからない、これは何なんだ、ということになる。

「俳句には、教養と自然が必要の度を超えてありすぎる」という荒川氏のような意見が出てきて当然なのだ。

現代の俳人は、だれでも公衆の面前でゴリラのようにふるまう危険性をもっている。もちろん開き直ることもできる。

8

星の話だ。

ぼくたちはバーの高い椅子に座っていた。それぞれの前にはウィスキーと水のグラスがあった。

彼は手に持った水のグラスの中をじっと見ていた。水の中の何かを見ていたのではなく、グラスの向うを透かして見ていたのでもない。透明な水そのものを見ているようだった。

「何を見ている？」とぼくは聞いた。

「ひょっとしてチェレンコフ光が見えないかと思って」

「何？」

「チェレンコフ光。宇宙から降ってくる微粒子がこの水の原子核とうまく衝突すると、光が出る。それが見えないかと思って」

「見えることがあるのかい？」

「水の量が少ないからね。たぶん一万年に一度ぐらいの確率。それに、この店の中は明るすぎる。光っても見えないだろう」

「それを待っているの？」

「このグラスの中にはその微粒子が毎秒一兆くらい降ってきているんだけど、原子核は小さいから、なかなかヒットが出ない」

彼の口調では真剣なのか冗談なのかわからなかった。

「水の量が千トンとか百万トンといった単位で、しかも周囲が真の暗闇だと、時々はちらっと光るのが見えるはずなんだが、ここではやっぱり無理かな」

池澤夏樹氏の『スティル・ライフ』[8]は久しぶりに出会ったわくわくする小説だった。

描かれているのは、ただ都市の風俗というのではない。作家の想像力は都市の背後の闇をさぐっている。

ここでは都市は銀河にうかぶ巨大なガラス板のようにすきとおっている。あるいは一枚の印画紙に焼きつけられたふたつの違う風景のようだ。

大事なのは、山脈や、人や、染色工場や、セミ時雨などからなる外の世界と、きみの中にある広い世界との間に連絡をつけること、一歩の距離をおいて並び立つ二つの世界の呼応と調和をはかることだ。

たとえば星を見るとかして。

二つの世界の呼応と調和がうまくいっていると、毎日を過すのはずっと楽になる。心の力をよけいなことに使う必要がなくなる。

水の味がわかり、人を怒らせることが少なくなる。

星を正しく見るのはむずかしいが、上手になればそれだけの効果があがるだろう。

星ではなく、せせらぎや、セミ時雨でいいのだけれども。

たとえば、このような力を俳句に、季語に与えることはできないだろうか。
新しい常識のうえで。
もちろん星ではなく、スイカヅラやナツツバキの花でもいいのだけれども。

第七章　宇宙について

1

手がかりは、いくらでもある。ただ、かすかだから、つかまえようとするなら注意深くなければならない。それを怠るならば世界は退屈な時間の淀みになってしまう。

2

人体冷えて東北白い花盛り

金子兜太氏のこの句から、何を思い浮かべるだろうか。

桜か林檎の花か。白い花盛りの東北地方。作者はそこにいるか、列車で北上しているのだろうが、心の目はもっと高いところ、たとえば飛行機やロケットの窓から日本列島を眺めている。列島の上半身は白くおおわれている。もう雪ではない。白い無数の花なのだ。だが、まだひえびえとしている。冷たい白い花。女性の白い体のようにも見えてくる。石膏のアフロディテ。

　この句の「人体」には、ふたつのイメージがある。

ひとつは文字通り人の体。しかし、ふだん、人の体を「人体」ということは、あまりないのではないか。その言葉をつかうのは外科医とか彫刻家、理科の先生。みな人間を物体として、物として扱う人。「人体」という言葉には、そういう職業の人々の匂いがある。この句でも「人体」と切り出されて、浮かんでくるのは、人の生身というよりは、物としての体。または、物として扱われる人の体。手術台によこたわる患者。博物館の大理石像。理科室の人体模型。どれも冷たい感じがする。

　この句の「人体」のもうひとつのイメージは日本列島。優雅なS字型の。ふつう、ただ「人体」といって、日本列島を思い浮かべるのは無理だろうが、この句のなかでは、あとに出てくる「東北」という言葉に触発されて、「人体」が即座に列島のイメージを帯びてしまうのだ。

　ずっと、そういう句だと思っていた。

あるとき、金子氏を囲む座談会[1]で、そのことを言った。

> この句を読むと冷たい人体を実感できるところがいい。「白い花盛り」は桜でも林檎でもいいと思いますが、その世界が奥の方に見えてきて、日本列島そのものが一つの人体というか、ダブルイメージになって、人体が人間の体でもあり、列島でもあり、それが冷え冷えとしているのがリアルに感じられます。

金田咲子氏も、その座談会に出席していたが、この句については同じ受けとめ方だったようだ。

> そこに住んでいないとこういう句は出来ないと思います。フラッと行っただけでは出来ないんじゃないか。「白い花」は林檎だと思うんです。「人体」というのは、長谷川さんがおっしゃったように、日本の南北に長いのを体で感じながら花を追っているという、激情を感じます。

意外だったのは、金子氏自身の発言だった。

金子　この句の「人体」は東北農民、津軽の農家の人たちだったんです。春の終り頃津軽地方に旅して出会った人達の印象だったんだが。体はまだ冷えているなと思っていた。長谷川氏や金田さんがこれを人々一般、あるいは日本列島と受けとると聞くと時間が経ったと、つくづく思う。この句の時期は津軽農民ということにこだわっていたわけだが、世代が動いてくるとそうした社会性から離れて、かなり抽象的な想念の映像として受けとられるようになる。時代とか何とかいうことではなく、詩的関心がいまそこにあるということだろうな。でもあなた方の受けとり方は存在的じゃないですか。

長谷川　すごくリアリティがありますね。

金子　存在的ということね。

長谷川　逆にこの「人体」から東北農民を思い浮かべるのは困難です。

金子　それだけ違って来ているわけで、時の動きは興味津々だね。

戦後のある時期、「社会のなかの人間」という視点に立って俳句を作ろうとした人たちがいた。金子氏は中心のひとり。「人体冷えて」の句は、その流れのなかでできた句だ。

だが、たとえ、事前に金子氏の経歴について説明をうけたとしても、この句の「人体」から津軽の農家の人たちを想像するのは難しい。「人体」からすぐ連想されるのは、死の匂いをかすかにまとった物としての人の体であり、この句の場合は、さらに日本列島だろう。

金田氏や僕が「人体」から、ただちに東北農民を想像することができなかったのは、確かに金子氏の指摘のように「時の動き」が作用している。この句が作られてから何十年も経ち、当時の金子氏たちを包んでいた、かけがえのない時代の空気はすでに失われてしまっている。

では、当時の人々は、どうだったのか。この句の「人体」から、すぐ東北農民を連想したのか。それほど時代の空気は濃厚だったのか。

この句は「蜿蜒《えんえん》」[2]という句集のいちばん最後に、こういう形で載っている。

東北・津軽にて（七句）

整序さびし一望の田に北空晴れ

平らな空と横雲亡びの港近し

鹿のかたちの流木空に水の流れ
磯臭くなり果て朱盤の落日掘る
津軽満月足摺り輪となりこの世の唄
海と湖《うみ》の接部に影す人間一つ

*

人体冷えて東北白い花盛り

このように順を追って読めば、自然に「人体」から東北農民を想像することができたのかもしれない。

当時の人々が、もし「人体」に東北農民を思い浮かべていたとすれば、「東北・津軽にて」という前書きや、それに続く六つの句が果していた役割りと同じ働きをする何かがあったのに違いない。

それを「時代の空気」と呼ぶこともできる。

だが、もし「時代の空気」のうえだけで成り立っていたのだとすれば、「人体冷えて」の句は、時代の呪力が薄れてゆくにつれて、ほかの句と同じように忘れ去られてしまっていただろう。

実際は、そうならなかった。何十年か経った現在の読者にも新鮮に訴えかけてくる力をもっている。

なぜか。

それは、この句が「時代の空気」ばかりではなく、金田氏や僕が感じたようなものを、もともと、もっていたからだろう。

冷ややかなエロスの想念。

たとえ、この句の作られた当時の読者たちが、「人体」を東北農民と読みとっていたとしても、その人たちの気づかない奥の方で、この句の魅力の光源になっていたのは、やはりそれだろう。

この句は確かに「時代の空気」の手を借りて生まれたのだが、それを突き抜けて別の何かに触れているのだ。

金子氏は作者として、それを直観したからこそ、「東北・津軽にて」の七句のなかで、この句だけを特別に＊のあとに、しかも句集の最後に置いたのではなかったか。

金田氏や僕が感じたものは、この句のなかに、あとから新しく生まれたものではなくて、この句が初めから持っていたものなのだ。

時が移り、「時代の空気」が変わると、風俗は流れ去り、奥に隠されていたものが表面に出てくる。雨で土砂が洗い流されて、シダの幹や竜の骨の稜線が地表に現われてくるように。津軽農民は流れ去り、ひえびえとした想念が浮かび上がってきた。

時間の雨。

金田氏と僕は新しいものを読みこんだのではなく、ただ指摘しただけなのだ。

時間が経つと、消えてしまうものと新たに見えてくるものがある。

3

座談会の記録を書き写しているうちに気づいたことがある。

実際の座談会では、金子氏は金田氏や僕の発言に対して、何回か「宇宙的」という言葉をつかった。「それは宇宙的じゃないか」だったか、「宇宙的な解釈だ」だったか。

ところが、雑誌に載った記録のどこにも、その言葉は見当たらない。その代わり注意をひくのは「存在的」という言葉。「あなた方の受けとり方は存在的じゃないですか」「存在的ということね」。でも、この「存在的」という言葉が、そこでつかわれたことは、あまり印象に残っていない。

テープから起こす際に脱落したのか。記録に手を入れたときに消えたのか。それとも、もともと「宇宙的」などという言葉はつかわれてなくて、ただ僕の記憶のなかで付け加わった言葉だったのかもしれない。

そうかもしれないし、そうでないかもしれないが、ちょっと当てがはずれた感じだ。というのは金子氏の口から出たはずの、この「宇宙的」という言葉ひとことのために、僕は座談会のことを覚えていたのだし、また、ここで記録を書き写したのも、そのためなのだ。

それがない。

大事なものでも、こうも素速く目の前から姿をくらましてしまう。

宇宙。

この言葉は俳句にとって肝要な何かに触れているように思うのだ。

また金子氏の句を例にすれば、こんなことが言えないだろうか。

「人体冷えて東北白い花盛り」という句には、この句ができたときには社会的な「人体冷えて東北白い花盛り」と、宇宙的な「人体冷えて東北白い花盛り」が、二枚の透明な膜のように重なり合っていた。そのうち時代が代わると、時代の風俗の部分に根ざしていた社会的な「人体冷えて東北白い花盛り」は剝がれ落ち、宇宙的な「人体冷えて東北白い花盛り」だけが残った。

この句の社会的な部分を「流行」、宇宙的な部分を「不易」と言い換えてもいい。「流行」「不易」は芭蕉の言葉だ。

吾これを聞けり、句に千歳不易のすがたあり。一時流行のすがたあり。これを両端におしへたまへども、その本《もと》一なり。一なるは、ともに風雅のまことをとれば也。不易の句をしらざれば本たちがたく、流行の句をまなびざれば風あらたまらず。よく不易を知る人は、往々にしてうつらずと云ふことなし。たまく一時の流行に秀《ひいで》たるものは、たゞおのれが口質《くちぐせ》のときに逢ふのみにて、他日流行の場にいたりて一歩もあゆむことあたはずと[3]。

これは芭蕉の死後、去来が手紙で伝えているところだから、去来風の変容を被っているかもしれないが、芭蕉が不易と流行のふたつを説いたのは確かのようだ。では不易とは何で流行とは何かということになると、結局、宇宙にかかわるものと時代や風俗にかかわるものの違いではないだろうか。

器物、そのほかなにゝよらず、世上に専ら行ハるゝにしたがひ、いろ〱のいろ、さまぐ〵のかたち、変化つかまつるに候へば、あなかしこ、変化を以てこのミちの花と御心得なさるべく候也。こゝに天地固有の俳諧あり。いたるべし。たのしむべし。花に啼く鶯、水にすむ蛙、いづれか歌をよまざりけるこそたふとけれや。此《この》俳諧をよく〵御得心候へバ、世上の流行によくながれわたり、是《これ》にをかされ申さざる物を、名句・名人と申《もうす》げに候。[4]

芭蕉がここでいう「天地固有の俳諧」も宇宙の変化にかかわる俳諧、不易の俳諧のことだろう。

たとえていえば不易は昼や夜、季節の移り変りをもたらす地球の自転や公転。また、太陽の燃焼、月の満ち欠け。人間界の興亡や変転にかかわる天体の運行。内奥の変化によって引き起こされる表面の変化。

それに比べると、流行は風にそよぐ木の葉や水面のさざ波といった、そのときそのときの気ままな動き。表面だけの変化。

ただ不易と流行は、どこまでが不易の句で、どこからが流行の句という風に截然と分けられるものではない。「その本一なり」。また、不易の句だけがあれば流行の句は要らないかというと、そういうものでもない。どちらも、それぞれに重要なのだ。

「ともに風雅のまことをとれば也。不易の句をしらざれば本たちがたく、流行の句をまなびざれば風あらたまらず」。

「人体冷えて」の句は、時代の空気がなければ生まれなかっただろう。社会性という産婆の手を借りて産み落とされたのだ。しかし、同時に生まれたいくつかの句のなかで、この句だけが人々の記憶に残ることになったのはこの句が社会性という時代の流行を突き抜けて、不易の部分——宇宙にまで心棒が届いていたからだ。

時代の流行を超えて宇宙に触れている句は残る。だれにでもわかるし、後の時代の人々にも通じる。宇宙は、どこでも、いつの時代でも現象の内奥にあって、表面の変化に影響を及ぼしているものだから。

こういえる。

俳句は、時代の制約を超えて宇宙の鼓動に触れることのできる十七字の火掻き棒であると。

そのために、俳句には季語や五・七・五というリズムがある。季語は季節の変化に織り込まれた言葉。季節の変化も宇宙のリズムのひとつ。また、五・七・五は大昔から日本人が宇宙と呼吸を合わせるときに使ってきた原初のリズム。どちらも、もとをたどってゆけば天体の回転の不易のリズムに行きつくだろう。[5]

座談会で金子氏の口から「宇宙的」という言葉が飛び出したとき、まるで不易と流行の生成の実験室にいるような気がしたのだった。

4

造化とはなんだろう。

　西行の和歌における、宗祇の連歌における、雪舟の絵における、利休が茶における、其《その》貫道する物は一《いつ》なり。しかも風雅におけるもの、造化《ぞうか》にしたがひて四時《しいじ》を友とす。見る処《ところ》花にあらずといふ事なし。おもふ所月にあらずといふ事なし。像《かたち》花にあらざる時は夷狄《いてき》にひとし。心花にあらざる時は鳥獣に類ス。夷狄を出《いで》、鳥獣を離れて、造化にしたがひ、造化にかへれとなり。

芭蕉は『笈の小文』[6]の冒頭でこう書くのだが、なかでつかわれている「造化」という言葉は「自然」と訳しても「宇宙」と訳しても、どうもしっくりしない。明晰で静的な「自然」よりは、もっと渾沌とした動きのあるものに思える。

「自然」よりは「宇宙」の方に近いが、また「宇宙」ともちがって流れ動くひとつの方向をもっている。

「宇宙」が渦だとすれば、「造化」は河。

「宇宙」が尾を互いに呑み込もうとしている二匹の蛇なら、「造化」は追いかける蛇と逃れる蛇。

「宇宙」に時間を加えたものが「造化」であるといえば、そう遠くない。

だが、造化の特色はただそれだけではないだろう。

　卅日《みそか》、日光山の麓に泊る。あるじの云《いい》けるやう、「我名を仏五左衛門と云《いう》。万《よろず》正直を旨とする故《ゆえ》に、人かくは申侍《もうしはべる》まゝ、一夜の草の枕も打解《うちとけ》て休み給へ」と云。いかなる仏の濁世塵土《じょくせちんど》に示現して、かゝる桑門の乞食巡礼ごときの人をたすけ給ふにやと、あるじのなす事に心をとゞめてみるに、唯《ただ》無智無分別にして正直偏固の者也。剛毅木訥の仁に近きたぐひ、気稟《きひん》の清質、尤《もっとも》尊ぶべし。

　卯月朔日《ついたち》、御山《おやま》に詣拝《けいはい》す。往昔《そのかみ》、此《この》御山を「二荒山《ふたらさん》」と書しを、空海大師開基の時、「日光」と改《あらため》給ふ。千歳未来をさとり給ふにや、今此御光一天にかゝやきて、恩沢八荒《おんたくはっこう》にあふれ、四民安堵の栖《すみか》穏なり。猶《なお》、憚《はばかり》多くて筆をさし置ぬ。

あらたう《（ふ）》と青葉若葉の日の光

『おくのほそ道[7]』の日光のくだり。

句は一見、太陽讃歌である。もし、それだけなら、この句は近代の自然詠とあまり変わらない。

芭蕉の句の場合、たいてい、それだけではすまない。

この句も文をよむと、全山の青葉若葉にあふれる日の光をほめると同時に、長い乱世に終止符を打って平和な時代をもたらした徳川家康という武将政治家の徳をたたえているともとれる。

『おくのほそ道』の旅の途中、芭蕉が日光を訪れたのは元禄二年（一六八九年）の初夏。家康の死から約七十年後。日光東照宮の造営がほぼ今の形に完成してから半世紀近くたっている。

それでは、この句は太陽と東照宮への讃歌であるといえばいいかというと、また、それだけではすまされない、というのが芭蕉の句の面白さだ。

文には山の歴史が簡潔に引かれている。この山は昔、「二荒山」と呼ばれていたこと、それを空海（ほんとうは勝道上人）が、ここに寺院を建てた際に「日光」と改めたこと。「日光」という山の名前は、密教の最高位の仏、大日如来[8]からきているのだろう。芭蕉の句は、それを踏まえる。「あらたう《(ふ)》と」の句は大日如来への讃歌でもあるわけだ。というより、この句は第一に大日如来をたたえる句だったのだ。ちょうど卯月一日、山じゅうの光り輝く新緑に、芭蕉は大日如来をありありと感じとったに違いない。

それが読み方しだいでは、徳川の威徳をたたえているともとれるように文を仕立ててある。「今此御光一天にかゝやきて、恩沢八荒にあふれ、四民安堵の栖穏なり。猶、憚多くて筆をさし置ぬ」。この部分は、大日如来、東照宮のどちらともとれる。

六月三日、羽黒山に登る。図司左吉[9]と云《いう》者を尋て、別当代会覚阿闍梨《えがくあじゃり》に謁《えっ》す。南谷の別院に舎《やど》して、憐愍《れんみん》の情こまやかにあるじせらる。

四日、本坊にをゐ《(おい)》て俳諧興行。

有難や雪をかほ《(を)》らす南谷

五日、権現に詣《もうず》。当山開闢《かいびゃく》能除大師は、いづれの代の人と云《いう》事をしらず。延喜式に「羽州里山の神社」と有《あり》。書写、「黒」の字を「里山」となせるにや。羽州黒山を中略して羽黒山と云にや。出羽といへるは、「鳥の毛羽を此《この》国の貢《みつぎもの》に献《たてまつ》る」と風土記に侍《はべる》とやらん。月山、湯殿を合はせて三山とす。当寺武江東叡に属して、天台止観の月明らかに、円頓融通《えんどんゆずう》の法の灯かゝげそひて、僧坊棟をならべ、修験行法を励し、霊山霊地の験効、人貴《とうとび》且恐る。繁栄長《とこしなえ》にして、めで度《たき》御山と謂《いい》つべし。

八日、月山にのぼる。木綿《ゆう》しめ身に引かけ、宝冠に頭を包《つつみ》、強力《ごうりき》と云ものに道びかれて、雲霧山気の中に、氷雪を踏てのぼる事八里、更に日月行道の雲関に入《いる》かとあやしまれ、息絶《たえ》身こゞえて頂上に臻《いた》れば、日没《ぼっし》て月顕《あらわ》る。笹を鋪《しき》、篠《しの》を枕として、臥て明るを待《まつ》。日出て雲消れば、湯殿に下る。

谷の傍に鍛冶小屋と云有《いうあり》。此《この》国の鍛冶、霊水を撰《えらび》て、爰《ここ》に潔斎して釼《(剣)》を打《うち》、終《ついに》「月山」と銘を切て世に賞せらる。彼《かの》竜泉に釖《(剣)》を淬《にらぐ》とかや。干将《かんしょう》、莫耶《ばくや》[10]のむかしをしたふ。道に堪能の執《しゅう》あさからぬ事しられたり。岩に腰かけてしばしやすらふほど、三尺ばかりなる桜のつぼみ半ばひらけるあり。ふり積《つむ》雪の下に埋《うずもれ》て、春を忘れぬ遅ざくらの花の心わりなし。炎天の梅花爰《ここ》にかほ《(を)》るがごとし。行尊僧正[11]の歌の哀《あわれ》も爰に思ひ出て、猶《なお》まさりて覚ゆ。惣《そうじ》て、此《この》山中の微細《みさい》、行者の法式として他言する事を禁ず。仍《よっ》て筆をとゞめて記さず。坊に帰れば、阿闍梨の需《もとめ》に依て、三山順礼の句々短冊に書《かく》。

涼しさやほの三か月の羽黒山
雲の峰幾つ崩《くずれ》て月の山
語られぬ湯殿にぬらす袂《たもと》かな

『おくのほそ道』[12]の出羽三山のくだり。

　この部分は表日本と裏日本、日と月という形で日光のくだりと対応している。

「雲霧山気の中に、氷雪を踏てのぼる事八里、更に日月行道の雲関に入かとあやしまれ、息絶身こゞえて頂上に臻れば、日没て月顕る。笹を鋪、篠を枕として、臥て明るを待。日出て雲消れば、湯殿に下る」。手が届きそうなところを太陽が通り月が上る。芭蕉は月山にのぼり、太陽や月のま近で一夜を過ごした。

「雲の峰幾つ崩て月の山」の句は、そのような一夜の体験の句としてある。芭蕉は今、月山の山中にいるのに、心の目には月に照らされた月山の山容が浮かんでいる。明るい鏡のなかにいて鏡が見える。不思議な力のある句だ。

　ただ、ここでも日光と同じように芭蕉は、単なる自然、地理としての月山にではなく、「霊山霊地」としての月山に感動している。[13]

芭蕉は、このように神仏や精霊たちをありありと感じとることのできる人だったようだ。というより、芭蕉だけでなく、そのころの人々はだれでも神仏や精霊を身近に感じとる力をまだ備えていたのだろう。

そのころの野や山には、公認の神々や仏ばかりでなく、一木一草にいたるまで、かすかな精霊たちが棲んでいた。

> 月日は百代の過客にして、行《ゆき》かふ年も又旅人也。舟の上に生涯をうかべ馬の口とらえ（へ）て老をむかふる物（者）は、日々旅にして、旅を栖《すみか》とす。古人も多く旅に死せるあり。予もいづれの年よりか、片雲の風にさそはれて、漂泊の思ひやまず、海浜にさすらへ、去年の秋江上《こうしょう》の破屋に蜘《くも》の古巣をはらひて、やゝ年も暮《くれ》、春立る霞の空に、白川の関こえんと、そゞろ神の物につきて心をくるはせ、道祖神のまねきにあひて取《とる》もの手につかず、もゝ引の破《やぶれ》をつゞり、笠の緒付《つけ》かえ（へ）て、三里に灸すゆ（う）るより、松島の月先《まず》心にかゝりて、住《すめ》る方は人に譲り、杉風が別墅《べっしょ》に移るに、

草の戸も住替る代ぞひなの家

面八句を庵の柱に懸置《かけおく》。

『おくのほそ道』の旅自体、この冒頭にみるとおり、西行や能因といった、かつて東北を旅した古人の精霊たちに促されたものだった。「そゞろ神の物につきて心をくるはせ、道祖神のまねきにあひて取もの手につかず」。それは芭蕉にとって文飾だけではなかったはずだ。

日光、遊行柳、白河の関、しのぶの里……。『おくのほそ道』のどこをとっても描かれているのは、ただの自然——水の流れ、土の塊ではない。神々の顕現であり、西行や能因の行跡であり、伝説の歌枕である。どこも精霊たちの棲みかなのだ。『おくのほそ道』は、東北や北陸に棲む精霊たちを尋ね歩く巡礼の旅だったといってもいい。『おくのほそ道』は、その記録。このように文章のなかに句を散らした形の方が、句だけをよむのより、精霊たちの消息が伝わるのは確かだ。

芭蕉のいう「造化」とは、おそらく、こういうものだったろう。それは単に「宇宙」や「自然」というのとは違う。神仏や精霊の棲みかとしての宇宙、古典にいろどられた自然のことなのだ。

5

芭蕉は「造化」という「場」で句をよんだ。現代の人々にとって、そのような句を追体験するというのは、もうできないことなのかもしれない。野山の神々や精霊を信じなくなってしまっているから、たとえば『おくのほそ道』をよんでも、そのようなくだりは、文飾か、おとぎ話のたぐいであると思ってしまう。

芭蕉の句をよんでも、自然詠としては、どこか煮え切らない中途半端なものに見える。「あらたう《ふ》と青葉若葉の日の光」。なぜ「あらたう《ふ》と」などとおいたのか。「有難や雪をかほ《を》らす南谷」の「有難や」もそうだ。自然詠としては余計な言葉。近代の自然詠では決してつかわない言葉である。

このような句を、やっかいだと思ったら、芭蕉はへただと言ってしまうのも手である。もし「ホトトギス」の雑詠欄に紛れこみでもしていたら、虚子は没にしていたかもしれない。

しかし、野山から神々や精霊がいなくなってしまったのは、そう新しいことではない。芭蕉の時代のすぐあとのことなのだ。おそらく芭蕉の時代は野山の精霊を信じた最後なのではないだろうか。

几《いか》巾《のぼり》きのふの空のありどころ
遅き日のつもりて遠き昔かな
陽炎《かげろう》や名もしらぬ虫の白き飛《とぶ》
愁ひつゝ岡にのぼれば花いばら
花いばら故郷の路に似たる哉

蕪村は芭蕉よりほんの数十年後の人だが、蕪村がよむ野山には、もう神々も精霊たちもいない。野山は庭のようなものになってしまっている。
蕪村には古典を題材にした句も多い。

鳥羽殿へ五六騎いそぐ野分かな
狩衣《かりぎぬ》の袖のうら這ふほたる哉
昼舟に狂女のせたり春の水

行春や撰者を恨む哥《うた》の主
阿古久曽[14]のさしぬきふるふ落花哉

だが芭蕉が西行や能因に心酔したのとは違って、どこか芝居がかっている。蕪村の時代。ここにはもう「造化」はない。それに代わって近代的な「自然」の萌芽が見られる。芭蕉と蕪村のすき間の数十年間に大へんな地殻変動が起きているのだ。江戸時代、明治時代という時代区分にまどわされて、明治になってからの子規の俳句改革を大事のように考えがちだが、それより数倍も重大なのは芭蕉と蕪村の間の変動だ。芭蕉と蕪村の間に江戸と明治の間よりも太い線を引いておきたい。

「造化」から「自然」へ。

新しい俳句の「場」として「自然」をとらえた子規の俳句改革は、すでに百年以上も前に始まっていた変動を追認し整理しただけのことだともいえる。

では、「自然」とは何だろうか。

「造化」との比較でいえば、精霊たちの死に絶えた造化、古典のにおいを洗い落とした造化であるということができる。しかし、「自然」のいちばん大きな特色は何かというと、人間の外部に、人間を取り囲むものとしてあるということだろう。それは観察し、分析し、解剖し、最後には利用する対象としてある。「自然」は冷ややかに眺められた宇宙、風景としての宇宙なのだ。

「自然」というとらえ方自体のなかに、主体としての人間と客体としての自然という考え方がすでに隠れている。子規や虚子や近代の俳句のパイオニアたちは、写生とか客観写生とかを俳句の方法として取り出してくるが、それは何も、どこかから勝手に拾ってきたものではない。新しい俳句の「場」になった「自然」のなかに、あらかじめ組みこまれていたものだ。子規や虚子は、それを予定通り鋭い嗅覚で掘り出した。

かりかりと蟷螂蜂の皃《かお》を食む
夏草に汽罐車の車輪来て止る
ピストルがプールの硬き面《も》にひびき
長袋先の反りたるスキー容れ
早苗投ぐ青の塊飛んでゆく

山口誓子の句。自然を冷静に観察し分析する近代俳句の特色が、ここではひとつの頂点に達している。

冷ややかな目。
解体される自然。
この先に何があるというのだろうか。

6

「造化」から「自然」への大変動といっても、忘れてならないのは、不易の部分は何も変っていない、一貫しているということだ。「造化」も「自然」も宇宙というものの時代によるとらえ方の違いにすぎない。古いものを捨て新しいものを手にしたというのではなく、いままで持っていたものを握り直しただけのことだ。

　そして、いま次の新しい大変動に立ち合っているのかもしれない。

「自然」から「宇宙」へ。

「宇宙」と言い換えることで新しく見えてくるものは何だろうか。

　いちばん大きな違いは、「自然」は人間の外側をとりまいているものだったが、「宇宙」は人間の外側にあると同時に内側にも見い出されるだろうということだ。自分を包む宇宙に目を凝らし耳を傾ける君は自分の内部にも同じ宇宙が広がっているのに気づくだろう。やわらかく波打ち収縮する肺や筋肉、太陽としての心臓、銀河のようにほの白く光る意識。ここでは主体と客体、内部と外部の違いはたいして重要なことではない。自分の外側に見ることのできるものは、自分の内側に感じとることができるものだ。

君は自分がふたつの宇宙を仕切り、そして結びつける半透明のうすい膜か、烈しい光のなかにそびえたつガラスの鏡になったような気がするだろう。

「自然」から「宇宙」への変動によって、滅んでゆく季語と生まれてくる季語があるだろう。宇宙とのかかわりを見失った季語は消え、新しく宇宙とのつながりを見出した季語が現われる。

新しい俳句の方法が提唱され、古い俳句の読み方が改められるだろう。

リズム――人間が宇宙と呼吸を合わせるためのリズムは、いままでよりももっと意識され大事なものになってゆくだろう。[15]

「宇宙」という新しい「場」のうえで、古いものが解体され再編成され、新しいものが生まれ微調整されてゆく。

徐々に。

そして、いつか長い時間がたった、ある朝、目覚めて、全く新しく生まれ代わったと感じるのだ。

それから、また、長い時間がたつと、だれかが紙の切れ端にこう書きとめるに違いない。

「自然」から「宇宙」への大変動といっても、忘れてならないのは、不易の部分は何も変っていない、一貫しているということだ。古いものを捨て新しいものを手にしたというのではなく、いままで持っていたものを、ただ握り直しただけにすぎないのだ、と。

注

序章　自然について

1　山本健吉『芭蕉全発句　上巻』（河出書房新社）。「この句の古池は、もと杉風が川魚を活かして置いた生簀《いけす》の跡で、芭蕉庵の傍らにあったと思われる。其角がそのとき初五に『山吹や』と置くことを進言したという伝説がある。（支考『葛の松原』）。山吹と蛙との取合せは伝統的で、二物映発の上に、晩春の濃厚な季節情趣がただよい、句柄が重くねばっている。それに対して、『古池や』は、自然に閑寂な境地をうち開いている」。

2　『去来抄』（岩波文庫）。

夕涼み疝気《せんき》おこしてかへりけり　　去来

予が初学の時、ほ句の仕やうを窺《うかがい》けるに、先師曰《いわく》、ほ句ハ句つよく、俳意たしかに作すべしと也。こゝろ見に此句を賦して窺ぬれバ、又是にてもなしと大笑し給ひけり。

3　『俳諧大要』（岩波文庫）所収。「古池の句が人口に膾炙《かいしゃ》するに至りしは、芭蕉自らこの句を以て自家の新調に属する劈頭《へきとう》第一の作となし、従ふてこの句を以て俳句変遷の第一期を劃《かく》する境界線となしたるがために、後人相和してまたこれを口にしたりと見ゆ。しかるに物換《かわ》り時移るに従ひ、この記念的俳句はその記念の意味を忘られて、かへつて芭蕉集中第一の佳句と誤解せらるるに至り、終《つい》に臆説百出、奇々怪々の附会を為して俗人を惑はすの結果を生じたり。さればこの句の真価を知らんと欲せば、この句以前の俳諧史を知るに如かず、意義においては古池に蛙の飛び込む音を聞きたりという外、一毫も加ふべきものあらず、もし一毫だもこれに加へなば、そは古池の句の真相に非るなり。明々白地、隠さず掩《おお》はず、一点の工夫を用ゐず、一字の曲折を成さざる処、この句の特色なり。豈《あに》他あらんや。」

4　『古典俳文学大系10　蕉門俳論俳文集』（集英社）所収。

5　井出。京都府南部の歌枕。山吹と蛙の名所。

6　「数年前であったが、同じ職場にいた関係で堀信夫氏と雑談したことがあった。いま活気ある氏の弁舌をそのまま伝えることはできないが、『古池や蛙飛こむ水の音』については、氏は、この句でまず留意しなければならぬところは『飛こむ』であり、それまでは鳴くものであった蛙を『飛こむ』と捉えたのが芭蕉の手柄で、芭蕉の新しい俳諧なのだ、といわれたのである」（川崎展宏「滑稽」）。『虚子から虚子へ』（有斐閣）所収。確かに蛙の鳴き声を「飛こむ水のおと」にすりかえたのは芭蕉の手柄だろう。ただ、その手柄は、長年、蛙の声と取り合わせられてきた山吹を上五に置いたとき、より際立つのであって、其角が山吹を薦めたのは、そのことをよく心得ていたからだ。しかし芭蕉は「古池や」とおいた。芭蕉の新しい俳諧は、単に、蛙を「飛こむ」と捉えたところより、さらに先を進んでいたのではないだろうか。

7　明治三十年創刊の俳句雑誌。子規が事実上の責任者だったが、明治三十五年の子規の没後、虚子が継承。

8 『定本高浜虚子全集 第十二巻 俳論・俳話集三』（毎日新聞社）所収。

第一章 季語について

1 「太陽暦と陰暦とでは、日付は平均で約35日の差があるから、ひと月遅れは近似値として適当といえよう。陰暦では、春分は必ず2月であり、太陽暦では3月21日頃と定まっている。仮に、陰暦2月朔日が春分であれば、日付の差は約50日もある。春分が2月晦とすれば、日付の差は21日であるから、差の平均が約35日という値になることがわかる」（内田正男『理科年表読本 こよみと天文・今昔』丸善株式会社）。節日など、太陽暦のひと月遅れで行うことは、おおむね妥当のようである。ただ陰暦には閏月が入るために太陽暦との差は年によって違うことに注意。

2 『古今和歌集』（日本古典文学大系8、岩波書店）巻第三 夏歌、巻第十一 恋歌一。どちらも読み人知らず。

3 たとえば、ハイネの「いと麗しき五月」（片山敏彦訳、新潮文庫『ハイネ詩集』所収）。

なべての蕾《つぼみ》、花とひらく
いと麗しき五月の頃
恋はひらきぬ
わがこころに。

諸鳥《もろどり》のさえずり歌う
いとも麗しき五月の頃
われうち開けぬ、かの人に
わが憧《あこが》れを、慕う思いを。

4 宮沢賢治『銀河鉄道の夜』（角川文庫）。

5 「嘘の衰退」参照。『オスカー・ワイルド全集Ⅳ』（西村孝次訳、青土社）所収。

6　「フランスのクーザン『両世界評論』における言葉のL'art pour l'art（芸術のための芸術）から発展したもので芸術を道徳、宗教、科学などの文化領域から切りはなし、芸術の独立を主張することによって芸術にたずさわる人の失地回復を企図したもので、人生至上主義に対立する」「十九世紀後半以降二つの傾向に分かれて進んだ。一つは芸術的形成のうちに人間の尊厳と倫理を見ようとする唯美的傾向と、他の一つは芸術の自律性を絶対化することによって強烈な反俗的方向に走った耽美的傾向である。文芸上では主に後者をさす。すなわちフランス、イギリスを中心におきたボードレール、ワイルドを軸とする世紀末文芸である」（『文芸用語の基礎知識　三訂増補版』至文堂）。

7　『現代俳句集成　別巻二　現代俳論集』（河出書房新社）

8　ホログラフィーについてはG・レオナード『サイレント・パルス　宇宙の根源リズムへの旅』（スワミ・プレム・プラブッダ、芹沢高志、芹沢真理子共訳、工作舎）を参照。

9　逆に、この句は付き過ぎている――「川中に水涌きゐたる」は「涅槃」というホログラムの中に、すでに見えてしまっていて、改めて言うに及ばない――という評もあるだろう。離れ過ぎか、付き過ぎか、あるいは、ちょうどよいのか、いずれも「涅槃」というホログラムの読み方にかかっている。

10　『華厳経』。普賢菩薩の言葉。また、こうも説く。「一々の世界海のなかの一々の小さな塵は、三世のすべての諸仏の広大な境界をあらわしだして差別がない。一々の小さな塵のなかに、おもい測ることのできないみほとけがいまし、衆生の心にしたがってあらわれ、ついにすべての国土海に充満しておられる。このような方便には差別がない」（玉城康四

郎訳。中村元編『大乗仏典』筑摩書房）

第二章　俳句性について

1　加藤楸邨主宰の俳句雑誌。昭和十五年創刊。

2　森澄雄『俳句遊想』（講談社学術文庫）所収。

3　句集『惜命』（昭和二十五年）では「霜の墓抱き起されしとき見たり」となっているが、ここに引用した森氏の「石田波郷論」（同二十三年）、「波郷論余録」（同二十四年）、山本健吉の「タッチの差――波郷君への手紙――」（同年）では、いずれも「抱き起さるゝ」になっている。考えられることは、波郷は昭和二十三年以前、「抱き起さるゝ」の形で雑誌などに発表し、両氏はそれを引用したが、句集収録の際、波郷が「抱き起されし」に改めたというのがひとつ。もうひとつは昭和二十三年以前の初出も「抱き起されし」となっていて、「抱き起さるゝ」は両氏の誤記ということだが、両氏とも同じ誤記をするというのは考えにくい。森氏の『森澄雄俳論集』（永田書房、同四十六年）と『俳句遊想』（講談社学術文庫、同六十二年）に収録の「石田波郷論」では「抱き起されし」と改められている。

4　石田波郷の第四句集。昭和二十三年、七洋社発行。『石田波郷全集　第二巻　俳句II』（富士見書房）所収。

5　「タッチの差――波郷君への手紙――」。「馬酔木」昭和二十四年十一月号に掲載。「馬酔木」は水原秋桜子主宰の俳句雑誌。

6　飯田龍太氏は「霜の墓」の句について「誤解正解は別として、ある種の気迫を持つ」と認めたうえで「波郷は、三流、四流の句を極度に怖れた。『霜の墓』の作品は、そうした波郷の、手こぼしの見える二流の作品である」という。「要するにこの『霜の墓』の句は、当人自身が病床から抱き起こされたという意味だ。それが本意だ、と云われれば、『ああなるほど』と。ただし、この表現をそのまま読むなら、誤解される。たとい内容は良質でも、誤解の手こぼしがあっては一級の作たり得ない、というのが私の結論である」（『霜の墓』の句について」。「俳句」昭和五十二年十月号、角川書店）。

7　正式なタイトルは「第二芸術——現代俳句について」。「世界」昭和二十一年十一月号に発表。桑原武夫『第二芸術』（講談社学術文庫）、『現代俳句集成　別巻二　現代俳論集』（河出書房新社）所収。

8　「ギリシャ語のSymbolonが語源で、割符のこと。二つのものを一つに合わせて一個にするという意味であったが、後には「何か」を意味する記号、符牒などの意味として用いられるようになった」「事実、感情、思想などを直接に表出せず、鋭敏な感覚を通して神秘の世界をさぐり、影像と言葉の音楽による詩的な暗示で表現しようとする文芸の傾向をいう」（『文芸用語の基礎知識　三訂増補版』至文堂）。

9　「E・パウンドとF・S・フリントが提唱した自由詩運動。グールモンは、イマジストを、サンボリストの子孫と規定したが、象徴主義の迷路を開拓すべく、生活言語を使用し、新しいリズムと鮮烈なイメージの創造を志向した」（『文芸用語の基礎知識　三訂増補版』至文堂）。本書の第四章を参照。

第三章　「いきおい」について

1　『花衣ぬぐやまつわる……わが愛の杉田久女』（集英社）。

2　序章、注7に同じ。

3　『定本高浜虚子全集』（毎日新聞社）には未収録。

4　昭和十三年十一月、三好達治の編集でスタイル社から刊行されたが翌年五月、七号で廃刊。戦後、昭和二十三年、季刊誌として復刊。四号で廃刊。

5　『定本高浜虚子全集　第七巻　小説集三』（毎日新聞社）所収。

6　『現代俳句大系　第九巻』（角川書店）所収。「序文」は『定本高浜虚子全集　第十二巻　俳論・俳話集三』（毎日新聞社）にも収録。

7　富安風生のこと。

8　「歴史意識の『古層』」。『日本の思想　第6巻　歴史思想集』（筑摩書房）所収。

9　『定本高浜虚子全集　第十二巻　俳論・俳話集三』（毎日新聞社）所収。

10　「『自然の真』と『文芸上の真』」。『現代俳句集成　別巻二　現代排論集』（河出書房新社）所収。

11　『虚子句集』（昭和三年）の「自序」。前年の講演を筆記したもの。後、さらに肉付けし、「花鳥諷詠」と題して「ホトトギス」昭和四年二月号に掲載。どちらも『定本高浜虚子全集　第十一巻　俳論・俳話集二』（毎日新聞社）所収。

12　『第二芸術』（講談社学術文庫）の「まえがき」。

第四章　間について

1　「ヴォーティシズム」。『エズラ・パウンド詩集』（新倉俊一訳、角川書店）所収。

2　「回想」。『エズラ・パウンド詩集』（角川書店）所収。

3　『エズラ・パウンド詩集』（角川書店）所収。

4　イギリスの週刊総合雑誌。第一期は一八九四―一九〇七年、第二期は一九〇七―一九三八年。一九一〇年代が全盛期。

5　『日本古典文学大系92　近世俳句俳文集』（岩波書店）の阿部喜三男氏の補注によると、この句はもともと「落花えだにかへるとみしはこてふかな」という荒木田武在の句で、「落花枝にかへるとみれば胡蝶かな」の形で守武の句とするのは誤伝だろうという。

6　『エズラ・パウンド詩集』（角川書店）に抄訳を収録。「『能』について」。

7　新倉俊一「エズラ・パウンド小論」。『エズラ・パウンド詩集』（角川書店）所収。

8　バックミンスター・フラー『宇宙船「地球号」操縦マニュアル』（東野芳明訳、西北社）参照。

9　「ヴォーティシズム」。『エズラ・パウンド詩集』（角川書店）所収。

10　野上豊一郎編『解註謡曲全集　巻二』（中央公論社）より。

11　「ヴォーティシズム」。『エズラ・パウンド詩集』（角川書店）所収。

12・13・14　新倉俊一訳。『エズラ・パウンド詩集』（角川書店）所収。

15　『去来抄』（岩波文庫）。

16　『愛と孤独と――エミリ・ディキンソン詩集I――』（谷岡清男訳、ニューカレントインターナショナル）所収。もっとも、ディキンソンの本領は、このような見立てではなくて、次のような霊的な詩にある。

ゆったりと広くこの床を敷け
おそれの心をもってこの床を敷け
そして、その上に身を横たえて待つのだ
すばらしく晴れわたった審判の日の夜明
　けを

まっすぐにせよ――布団を
まるくせよ――枕を
日の出の黄色い騒音に

かきみだされるな——この場所を
（谷岡訳）

　このような詩を知ったうえで、もう一度、ハチドリの詩を読むと、単に見立ての詩なのではなく、この小さな鳥の命の香気——霊の輝きをとらえようとしたものであることがわかる。

17　鍵谷幸信『サティ　ケージ　デュシャン』（小沢書店）より。

18　『続風狂始末　芭蕉連句新釈』（筑摩書房）。「灰汁桶の雫がしなくなったと思ったら替りにコオロギが鳴出した、というのではない。『けり』は今まで気付かなかった事実に気付かされた感動をあらわす詠嘆の助動詞で、動作・作用の単なる完了を確認するものではない。『(やみ)たり』とは違う」。

19　「イマジズム」。『エズラ・パウンド詩集』（角川書店）所収。

20　『定本高浜虚子全集　第十一巻　俳論・俳話集二』（毎日新聞社）所収。

第五章　忌日について

1　子珊編『俳諧別座鋪』。『古典俳文学大系6　蕉門俳諧集一』（集英社）所収。

2　『平家物語　下巻』（角川文庫）より。

3　琵琶湖南の石山の奥、国分山にあった。其角の引用文中「先《まず》頼む椎の木もありと聞えし」は芭蕉が元禄三年、初めて幻住庵に入ったときによんだ「先たのむ椎の木も有《あり》夏木立」を踏む。

4　『芭蕉翁終焉記』。『花屋日記』（岩波文庫）所収。

5　『芭蕉翁行状記』。『花屋日記』（岩波文庫）所収。

6　このときの他の門人たちの句は次の通り。

吹井より鶴を招かん時雨かな　其角
病中のあまりすゝるや冬ごもり　去来
引張りてふとんぞ寒き笑ひ声　惟然
しかられて次の間へ出る寒さ哉　支考
おもひ寄夜伽もしたし冬ごもり　正秀
鬮《くじ》とりて菜飯たかする寄伽哉　木節
皆子也みのむし寒く鳴尽す　乙州

それぞれ作者の人柄のよく出ている句だが、こうして並べてみると丈草の句について芭蕉が「丈草出来たり」といい、去来が「かゝる誠」と評した意味がよくわかる。

7　「丈草誄《じょうそうがるい》」。『日本古典文学大系92　近世俳句俳文集』（岩波書店）所収。『去来抄』にも同様の記述がある。

8　『山家集』（岩波文庫）より。

9　「一冊の芭蕉全集」。『石田波郷全集　第八巻　随想I』（富士見書房）所収。

第六章　都市について

1　「ボクのハイク・ショック8　終わりの言葉」（『俳句とエッセイ』昭和六十一年九月号、牧羊社）。

2　「作句内外」。『石田波郷全集　第四巻　俳論』（富士見書房）所収。

3　「芭蕉七部集」の第一部「冬の日　尾張五哥仙」の最初の巻。『芭蕉七部集』（岩波文庫）所収。

4　『風狂始末　芭蕉連句新釈』（筑摩書房）。

5　『芭蕉紀行文集』（岩波文庫）所収『笈の小文』より。

6　「花鳥諷詠ならびに写生といふことを反覆する」。『定本高浜虚子全集　第十一巻　俳論・俳話集二』（毎日新聞社）所収。

7　「進むべき俳句の道」。『定本高浜虚子全集　第十巻　俳論・俳話集一』（毎日新聞社）所収。

8　中央公論社刊。

第七章　宇宙について

1　座談会の記録は「俳壇」（本阿弥書店）昭和六十二年十二月号に掲載。

2　昭和四十三年、三青社発行。『金子兜太全句集』（立風書房）所収。

3　『俳諧問答』（岩波文庫）より。芭蕉没後の去来と許六の論争をまとめたもの。不易流行論についての引用は「贈晋氏《（子）》其角書」から。これは去来が、蕉門最古参の其角の俳風が芭蕉の俳風から逸脱してゆくのを憂えて反省を求めるために書いたもの。其角の返答はなく、許六との問答の発端になった。

4　呂丸『聞書七日草』。『校本芭蕉全集　第九巻　評伝・年譜・芭蕉遺語集』（富士見書房）に抄出。

5　リズムと宇宙の関係についてはJ・E・ベーレント『世界は音　ナーダ・ブラフマー』（大島かおり訳、人文書院）を参照。

6　『芭蕉紀行文集』（岩波文庫）所収。

7　『おくのほそ道』（岩波文庫）所収。

8　宇宙そのものを仏格化した密教の本尊。その光明が万物を照らす。毘盧遮那《びるしゃな》仏のことども。梵語Mahāvairocana。

9　呂丸《ろがん》（露丸）のこと。このおりの芭蕉の聞き書きをもとに、のち『聞書七日草』を著す。そのなかに芭蕉の不易流行論の原初の姿をとどめる。

10　中国の故事。周の末、呉の刀工、干将とその妻莫耶が雌雄の名剣二口《ふり》を作り、それぞれの名前を刀の銘にした。

11　「もろともにあはれと思へ山ざくら花より外に知る人もなし」（『金葉集』雑上）。

12　井本農一氏によると、芭蕉は『おくのほそ道』、ことに陸奥の旅の経験から、不易流行を説くようになったという。「芭蕉はまず陸奥の歌枕、名所、旧蹟を丹念にたどり歩き、日本の文学伝統にとっぷりとつかり、古典への思慕の念を強めた。しかし同時に、それらの古典的文学遺跡が、長い歳月の重みに堪えかねて、崩壊したり、傷ついたり、変容したりしているのを見て、万物流転の思いを深めた」「時代を超えて変らないもの、絶対的なものがあることを一方で信じ求めながら、一方では眼前の古典的遺跡が変容し、流転する現実を見つつ芭蕉は陸奥の旅をおえた。やがて奥羽山脈を越えて出羽の地の旅を半ば以上おえ、羽黒山に滞在中、芭蕉は土地の俳人の呂丸《ろがん》の問いに答えて、後の不易流行論の原型を語った」（『奥の細道』三百年によせて上）（「東京新聞」一九八九年四月二十四日付）。この呂丸が芭蕉の聞き書きをまとめたものが『聞書七日草』。芭蕉が金沢で出会った北枝の『山中問答』には「もう少し熟した形で、不易流行論が語られている」（同）。「そうして奥の細道の旅をおえ、その年の冬に京に出てきた芭蕉は、去来に対して不易流行論を初めて説いた。去来は『この年（元禄二年）の冬、初めて不易流行の教を説き給へり』（去来抄）と言い、『故翁奥羽の行脚より都へ越えたまひける。当門の俳諧すでに一変す』（「贈晋氏其角書」）と言う」（同）。

13　ちなみに出羽三山の祭神と本地仏は羽黒山が伊氐波《いでは》神と聖観音、月山が月読命と阿弥陀如来、湯殿山が大山祇命《おおやまつみのみこと》と大日如来である。

14　紀貫之の幼名。

15　この章の注5を参照。

*　古典俳句のうち芭蕉、蕪村は『芭蕉俳句集』『蕪村俳句集』（以上、岩波文庫）、そのほかの俳人は『日本古典文学大系92　近世俳句俳文集』（岩波書店）、『古典俳文学大系』

（集英社）などによった。

＊　近代俳句は『現代俳句大系』（角川書店、全十二巻　増補三巻）、『現代俳句集成』（河出書房新社、全十七巻、別巻二巻）などによった。

＊　出典の版本は、入手しやすいものを挙げた。

＊　引用中、旧字体は新字体にあらためた。

古池の句について——中公文庫版あとがき

『俳句の宇宙』が中公文庫の一冊になることになった。これを機会に古池の句について書いておきたいことがある。

古池や蛙飛込む水のおと　　芭蕉

『俳句の宇宙』の序章「自然について」で当時、芭蕉のこの句を俳諧として成り立たせていた「共通の場」について考えた。そのひとつは和歌の長い歴史のなかで蛙（河鹿蛙）はつねにその美声を詠むものだったことである。それに対して芭蕉は蛙が飛びこむ水の音を詠んだ。これがこの句の俳諧性の第一である。

もうひとつは同じく和歌の伝統では蛙は必ず山吹の花と取り合わせるべきものだったことである。ところが、芭蕉は山吹の花ではなく古池をもってきた。これがこの句の俳諧性の第二である。

この点で古池の句は二重の俳諧性をもっていたことになる。いわば「二段跳びの俳諧」だったのであり、これが人々を驚かした。

『俳句の宇宙』から十年あまりたって、芭蕉の古池の句についてふたたび別の角度から考えた。それが『古池に蛙は飛びこんだか』（二〇〇五年、花神社）である。別の角度というのは、「古池や」の切字「や」がどう働いているのかということである。

今まで古池の句の「や」は「に」と同じように扱われて、この句は古池に蛙が飛びこんで水の音がしたと解釈されてきた。しかし、この「や」を本来の切字として解釈しなおすと、この句は蛙が水に飛びこむ音を聞いて、心の中に古池が浮かんだという句に変わる。この現実（蛙飛込む水のおと）をきっかけにして心の世界（古池）を打ち開いたことこそが、芭蕉がはじめて自分の句風を打ち立てた「蕉風開眼」といわれるものだった。

さらに古池の句の誕生は芭蕉にとって画期的だっただけでなく、俳句という文芸にとっても画期的な事件だった。というのは、それ以前の俳句はただの言葉遊びに終始していたが、この句によって俳句も心の世界を詠むことのできる文芸になったからである。和歌は古代の発生時から一貫して人の心を詠みつづけてきたのだが、古池の句の出現によってやっと俳句も和歌と肩を並べることができた。現代の俳句もまたこの句の恩恵のうえにあることはいうまでもないだろう。

このように古池の句についての考察は『俳句の宇宙』だけで終わらず、『古池に蛙は飛びこんだか』へとつづいている。この『古池に蛙は飛びこんだか』も近く中公文庫になるのでお読みいただければ幸いである。

古池の句はその後もいくつかの果実をもたらした。まず『「奥の細道」をよむ』（二〇〇七年、ちくま新書）がある。この本では『おくのほそ道』の旅を古池の句の延長上に置いて読みなおした。すると、この旅が古池の句で開眼した蕉風の俳句（現実のただなかに心の世界を打ち開く俳句）のさらなる展開の試みであったことが浮かびあがる。

次に『一億人の俳句入門』（二〇〇五年、講談社）から『一億人の「切れ」入門』（二〇一二年、角川俳句ライブラリー）にいたる四冊の俳句入門書がある。このうち『一億人の「切れ」入門』では俳句の「切れ」とそれがもたらす「間」について書いた。

古池の句からはさらに随想集『和の思想』（二〇〇九年、中公新書）が生まれた。この本では俳句と同様の「間」が日本人の文化や生活にもたらす諸相について考えた。

ふりかえれば幸福というべきか愚かというべきか、これまでの人生の大半を古池の句について考えてすごしてきたことになる。『俳句の宇宙』はそのすべての原点である。

文庫化を快諾していただいた単行本の版元である花神社の大久保憲一社長、文庫版の「解説」を書いていただいた三浦雅士さん、装丁家の間村俊一さん、中央公論新社の松本佳代子さんにお礼を申しあげたい。

二〇一三年六月

長谷川　櫂

単行本あとがき

この『俳句の宇宙』は季刊総合詩歌誌「花神」の創刊号から八回にわたって「俳句の『場』」というタイトルで連載したものをまとめたものである。一冊の本になるに当たって、なぜ、これを書いたのかについて簡単に触れておきたい。

問題は季語である。

人々の生活が、これほど自然から遠ざかってゆく時代に、俳句は、かつてそうだったように現実に根ざした詩であることができるのだろうか。現実逃避の詩になってしまうのではないか——これは、ひとりの実作者として俳句を作りながら、いつもどこかに感じている問いである。それは僕だけに限らず、今の時代に生きる多くの俳人たちが抱いている問い、いわば俳句に対する時代全体の問いだろう。

この問いの皮を剝いてゆくと、その芯には、人々の日常生活から自然が失われてゆく時代に、果して季語は生きていけるのか、という問題がある。公害、都市化、自然破壊はいうまでもなく、一見、自然を活かし、人間生活を豊かにするはずの農業技術の進歩、バイオテクノロジー、遺伝子工学によっても自然の営みは歪められてきている。消えてゆく鳥獣や昆虫たち、一年中、食べられる果実や野菜。そのうち、きっと人間の力は天候や季節さえも思いのままにするだろう。

　このような時代に季語は有効なのか。ただの季節を表わす記号としてではなく、芭蕉や虚子の時代のように、作者にとっても読者にとっても実感豊かな言葉としてつかうことができるのだろうか。

　自分自身のこの素朴な問いの答えを探すために、俳句のいちばん根っ子のところから考え直してみようと思った。そのために、俳句には十七字の言葉以前の「場」というものがあるのではないか、と考えてみた。ここが、この本の出発点である。そして、おおよその答は示すことができたと思う。

「場」——それは俳句が人々に通じるための共通の前提条件のことだが——古典俳句の場合は、比較的はっきりしている。日本や中国の古典文学を中心とした教養、そして、それを支えた連衆の座。芭蕉も蕪村も、そういう「場」の上で俳句をよんできた。

　ところが、近代になると、俳句は文学である、文学でなければならない、という声が次第に大きくなって一句独立がしきりに言われるようになる。このため、俳句が成り立っための前提条件など要らないかのように思われてきた。

こうして近代の入口で俳句は古典の教養も連衆の座もどこかに置いてきてしまった。しかし、それは俳句から「場」がなくなったのではなくて、むしろ俳句の無意識の領域に隠れ、姿を変えて、そこにすっかり根をおろしてしまっているのではないか。

自然と結社がそれだろう。

近代俳句のこの無意識の「場」は、それが無意識であるために、さまざまな軋轢を俳句にもたらした。その最大のものが「第二芸術論」だろう。その混乱の原因は、近代俳句の無意識が俳人以外の人には通用しない、というところにある。そのために、作る側も読む側も俳句が通じない、といって腹を立てたりする。

ここでは、近代俳句の無意識のうち、主に自然について光を当てた。

無意識の領域の探求は、人間の精神生活にとってばかりではなく、俳句にとっても大事なことである。

近代俳句の無意識を明らかにすること。それは同時に、近代俳句を相対化する視点でもあるだろう。なぜなら、古典俳句が教養や連衆といった「場」の上で成立していたのと同じように、近代俳句も自然や結社といった「場」の上に成立した文芸であること、また、子規が教養や連衆を否定してしまったように、また自然や結社も絶対的な「場」ではないことを教えてくれるだろうから。さらに、これまでの俳句の歴史は、そのときどきの時代の流行にかかわりながら、より不易な「場」を模索してきたこと、また、これからも、そうであろうことに気づかせてくれるだろう。

以上が、この本をまとめるに当たって付け加えておきたいことだ。

もちろん、このようなことを考えたからといって、すぐ俳句がうまくなる、というようなものではない。だが、俳句を作ることと同じく、俳句について考えることは俳人の重要な仕事である。この本を読みながら、あるいは、この本をきっかけにして、現在、俳句が直面しているさまざまな問題について、いっしょに考えて頂ければ、著者として、これに勝る幸いはない。

最後に、お礼を申し上げたい。連載の企画段階から本にまとめるまで、随時、適切なアドバイスをしてくださった大岡信氏、大久保憲一氏、また、推薦文を頂いた飯田龍太氏、有難うございました。このほか執筆に当たっては多くの人と書物の助けがあった。あわせてお礼申し上げます。

一九八九年五月

長谷川　櫂

解説　言語と現象

三浦雅士

長谷川櫂の偉いところは、まっすぐに芭蕉の胸に飛び込んだところにある。

『俳句の宇宙』（一九八九年）、『古池に蛙は飛びこんだか』（二〇〇五年）、『「奥の細道」をよむ』（二〇〇七年）の三冊は、少なくとも私にとっては、いままでのところもっともすぐれた芭蕉論を構成している。説得力ある、また、首肯できる芭蕉論を構成している。そしてその特徴は、芭蕉の胸にまっすぐに飛びこんだところにあるのだ。さらに、同じ場所を誠実に、また着実に掘り下げているところにある。より深く、より広く、掘り下げているところにある。

古池や蛙飛こむ水のおと

『俳句の宇宙』冒頭に引かれた句である。

はっきり言って、長谷川櫂の偉いところは、この句だけを徹底的に掘り下げているところにあるのだ。『俳句の宇宙』を読む人には、続けて『古池に蛙は飛びこんだか』、『「奥の細道」をよむ』を読むことを勧める。というより、続けて読まなければならない。長谷川櫂がどういうふうにして、芭蕉の胸に飛び込んだか、つまりその核心に迫ったか、手に取るように分かる。

　これは、凡百の俳人のよくなしえなかったところであった。凡百の俳人のなかには子規も入る。

　子規の凄いところは、実作、および最晩年の随筆『墨汁一滴』、『仰臥漫録』、『病牀六尺』にあるのであってそれ以前の評論、俳文にあるのではない。評論は、日本の近代を——ちょうど漱石がそうであったように——意識しすぎている。とはいえ、その子規の実作、随筆にしても、芭蕉にははるかに及ばない。むろん、蕪村にしても一茶にしても、芭蕉には及ばない。子規の前哨戦のようなもので——蕪村の前哨戦も一茶の前哨戦も見応えのあるものではあったがツボを外している——、彼らは彼らなりに近代を意識しているのだ。いや、意識しすぎているのである。芭蕉は、そこをさえ通り過ぎている。つまり、芭蕉も、当然のことながら近代を意識していたのだ。そうでなければ、当時の流行であった貞門俳諧、談林俳諧に染まりはしない。それを乗り越えたところに、芭蕉はいる。

念のために言っておくが、貞門、談林というのは昔の話ではない。俵万智の歌集『サラダ記念日』の後に、同じ趣向の句集、それも女性の手になる句集――歌集ではない――が量産されたが、みな貞門、談林のたぐいである。けなしているのではない。「いま」とはそういうものなのだ。「いま」を生きるためには、「新しく」かつ「おしゃれ」でなければならない。「新しく」かつ「おしゃれ」であるとは「軽い驚きを与える」ことなのである。これの典型が今も昔も宣伝広告のキャッチ・コピーであるのは当然であって、「いま」を意識する俳句が宣伝広告のたぐいに似てくるのは必然なのだ。

近代とは「いま」を意識することである。時代を意識すること、新しさを意識すること、流行を意識することである。すべて自己意識――いまここにこのようにしている自分とは何かという意識――に収斂する。言語にこだわれば誰でもいつの時代でも自己を意識することになるのであって、そういう意味では、仏陀であれ、プラトンであれ、孔子であれ、みな近代主義者であった。彼らには彼らの貞門も談林もいたのである。仏陀であればバラモン、プラトンであればソフィスト、孔子であれば諸子百家のたぐい。

芭蕉の恐るべきところは、貞門、談林を、ソフィスト、諸子百家の次元にまで持ち上げて意識したところにある。誤解されないとは思うが、比喩的な表現である。言いたいことは、乗り越えるべき対象を最大限にまで評価し、そのうえで乗り越えるのが偉人の偉人たる所以であるということだ。芭蕉も談林の盟主・宗因を最大限に評価したのである。だが、先哲と同じように、それに飽き足らなかったのだ。こうして不易流行に達するわけだが、これを簡単に言えば、「古池や蛙飛こむ水のおと」になる。『俳句の宇宙』で長谷川櫂が懐胎している思想を説明すれば、そういうことになる。『俳句の宇宙』の偉さを説明するために、『古池に蛙は飛びこんだか』、『「奥の細道」をよむ』の内容をもふまえたうえで書く。

要するに、「古池や」が不易、「蛙飛びこむ水のおと」が流行、なのだ。

どういうことか。芭蕉はまず「蛙飛びこむ水のおと」を得た。その後に、其角が「山吹や」を勧め、芭蕉がそれを採らずに「古池や」に定めた。和歌の伝統の教えるところでは、蛙は鳴き声に限るし、取り合わせは山吹に限る。鳴き声を採らずに水の音を取ったのは「新しさ」であり、そこに山吹を置くのはその新しさを際立たせる教養である。だが、芭蕉は其角の言を退けた。あざとさを避けたのか。そうではない。古池が心象であることを示したかったのである。山吹ならば和歌の伝統の要素が強すぎるだけではない、視覚性が強すぎて絵になってしまう。古池はそうではない。どこか漠然としていて、絵になっても抽象的、概念的、観念的なものになるだろう。要するに、観念になるのだ。観念、すなわち、イデアに。

これを長谷川櫂は、蛙が飛びこむ水の音が聞こえる、古池の心象が思い浮かぶ、という順で記述している。古い池に蛙が飛びこむ音がしたというのではない。山本健吉はもとより、子規でさえも、そう断言し、そのことに価値を見出しているが、そうではない。それでは原因と結果が逆だ。まず水の音が聞こえたのであり、その結果、古い池のイメージが見えたのである。長谷川櫂はそう説明している。そしてその古い池のイメージは芭蕉の心のなかの風景であって、ひとつの宇宙を形成するものなのだ、と。

この理論の鮮烈は、これは『古池に蛙は飛びこんだか』の記述にのっとることになるが、まったく同じ解釈が他の句にも適用されることで倍加する。

閑 さ や 岩 に し み 入 蝉 の 声

この句の、「閑さや」が「古池や」にあたり、「岩にしみ入蝉の声」が「蛙飛びこむ水のおと」にあたる。

その同型であることたるや、まさに驚きに値する。まるっきり、同じなのだ。

実際、初形では「山寺や石にしみつく蟬の声」である。曾良のメモではそうだと、『古池に蛙は飛びこんだか』で、長谷川櫂は教えている。「山吹や」から「古池や」に転換したのと同じことが、ここでも起こっているのだ。それにしても、と、思う。「古池や」の「古池」は、「閑さや」のその「閑さ」をいかにすでに予告しているか、ということである。

古池や蛙飛こむ水のおと

引き返して読み返せば、この句が印象に残って消えないのは、まさに「閑さ」にあることは歴然としている。その「閑さ」こそ、芭蕉の心象のその心象たるゆえんなのだ、と、長谷川櫂は言うのである。

長谷川櫂は、『古池に蛙は飛びこんだか』で、この同型を印象づけるべく『奥の細道』の他の句も引いている。

雲の峰幾つ崩て月の山
暑き日を海にいれたり最上川
荒海や佐渡によこたふ天河

「芭蕉がまだ談林にかぶれていたころの句に比べると、何と深閑として空しい大きな句だろうか」と、長谷川櫂は記しているが、「深閑として空しい大きな句」とは、絶妙というほかない形容である。「空しい」という一語の強さは、まさに芭蕉の句に匹敵すると言いたいほど、的確である。

　ここではもはや、これらの句が「古池」の句といかに同型であるかを論議しても始まらないだろう。というか無用の論議になってしまう。「雲の峰」と「月の山」も、「暑き日」と「海」と「最上川」も、「荒海」と「佐渡によこたふ天河」も、「閑さ」の格において、同じ宇宙的なとでも形容するほかない格で、というか、気品で、配置されてしまっているのだ。この秘密をよく発見したものだと感嘆する。

　先に「古池や蛙飛びこむ水のおと」の「古池や」には「山吹や」という代替候補があり、芭蕉が「古池や」を採ったむね記した。「山吹」とは違って、「古池」にはどこか抽象的、概念的、観念的なものがある、要するに「古池」は観念すなわちイデアになるのだ、と。そしてそのイデア性が「古池」に潜む「閑さ」に由来するむね指摘したわけだが、この長谷川櫂の思考の展開が含意する射程を測るには、おそらく井筒俊彦の著作——著作集の刊行元は中央公論社である——、とりあえずは『意識と本質』

（一九八三年）を参照するのがいい。井筒が芭蕉の全著作を熟読していることは疑いない。

私は井筒俊彦のたとえばエラノス会議との関係を無条件に良しとするものではないが、芭蕉に震撼すべき言語哲学を見るその着眼には讃嘆する。そしてその着眼が、長谷川櫂の着眼とそれほど隔たったものではないと確信している。井筒俊彦は『意識と本質』において芭蕉の言語哲学を十全に論じているわけではない――全著作を点検したわけではないので不確かだが井筒にはまとまったかたちでの芭蕉論はない――。だが、随所で適度に仄めかしはしている。その仄めかしは、要するに芭蕉の提示した思想、不易流行にかかわっている。

試みに『意識と本質』の一節を引く。以下、マーヒーヤ性とは「本質」の普遍性、フウィーヤ性とは「本質」の個体性を指す。ともにイスラーム哲学の用語である。個体性とはこれがこれであるという「このもの性」のことであり、詩人とは事物の「このもの性」に執着するもの、それを激しく追求するもののこと、芭蕉もまた例外ではなかった、として、井筒俊彦は次のようにつづけている。

　このものをまさにこのものとして唯一独自に存立させる「このもの性」、フウィーヤ、を彼〔芭蕉＝引用者注〕は己れの詩的実存のすべてを賭けて追求した。他面、しかし、彼はフウィーヤの圧倒的な魅力に眩惑されて、普遍的「本質」、マーヒーヤ、の実在性を否認することもなかった。彼にとって、事物のフウィーヤはマーヒーヤと別の何かではなかったのだ。存在論的に、「不易」は「流行」と表裏一体をなすものであった。

だが、普遍的なものと、個体的なものとが、一体どうやって一つの具体的存在者の現前において結び付くのであろうか。概念的普遍者ではなく実在的普遍者としての「本質」が、いかにして実在する個体の個体的「本質」でもありえるのか。言いかえれば、「不易」がいかにして「流行」しえるのか。

（中略）

「松の事は松に習へ、竹の事は竹に習へ」と門弟に教えた芭蕉は、「本質」論の見地からすれば、事物の普遍的「本質」、マーヒーヤ、の実在を信じる人であった。だが、この普遍的「本質」を普遍的実在のままではなく、個物の個的実在性として直観すべきことを彼は説いた。言いかえれば、マーヒーヤのフウィーヤへの転換を問題とした。マーヒーヤが突如としてフウィーヤに転成する瞬間がある。この「本質」の次元転換の微妙な瞬間が間髪を容れず詩的言語に結晶する。俳句とは、芭蕉によって、実存的緊迫に充ちたこの瞬間のポエジーであった。

井筒俊彦は、長谷川櫂が鮮やかに浮き彫りにしてみせた「古池や蛙飛びこむ水のおと」の、また「閑さや岩にしみ入蟬の声」の魅力を、井筒俊彦流に語っているのである。期せずしてそれが、長谷川櫂の達成した読みの解説になっていると言っていいほどだ。あるいは、井筒俊彦がここで言いたかったことを、長谷川櫂が実作を挙げて解説してみせていると言ってもいい。事実、長谷川櫂が捉えたのは、「『本質』の次元転換の微妙な瞬間が間髪を容れず詩的言語に結晶する」その実存的緊迫に充ちた瞬間のポエジーにほかならない。

誤解を恐れずに簡略に言ってしまうが、井筒俊彦によれば、不易流行の不易とはイデアのこと、流行とは現象のことなのだ。つまり、不易流行とは「イデアと現象」の謂いにほかならないのである。それが、井筒俊彦の言いたいことである。イデアなどと言うから分かりにくくなると文句を言われそうだが、それならば言語と言い換えてもいい。いや、言い換えたほうがいいかもしれない。「言語と現象」、これが芭蕉の「不易流行」の核心である。それが、要するに、井筒俊彦の言いたいことなのだ。そしてその言語の本質が「古池や蛙飛びこむ水のおと」の「閑さ」に示されている、長谷川櫂が明らかにしたまさにそのようなかたちで、ということなのである。そう理解して大過ないと、私は思っている。

　井筒俊彦と長谷川櫂の違いは、前者が芭蕉をほとんどプラトニストと考えていることに尽きるだろうと、私は思う。長谷川櫂はそこまでは認めない、というか、そう考えても益があるとは認めていないのだと思う。だが、芭蕉の真髄を探るには、井筒俊彦の著作を参照するのは無益ではない。

『「奥の細道」をよむ』で長谷川櫂は、「田一枚植て立去る柳かな」という句において、田植えして立ち去るのは西行であり、芭蕉はその西行に憑依してしまっているのだと述べている。これは『奥の細道』を言語論として読むという姿勢を示しているようなものだ。言語の本質は憑依にある、あるいは、立場を自在に転換しうることが言語の本質だと見ているということである。先に引いた『奥の細道』の三句が良い例だが、たとえば「荒海や佐渡によこたふ天河」で、芭蕉は「天河」を擬人化しているのではない。単刀直入、自身が「天河」に憑依している、「天河」になってしまっているのだ。あるいは「荒海」になってしまっている。

　井筒俊彦の言語哲学とは、たとえばそういうようなものだ。長谷川櫂の姿勢と基本的には一致しているのである。人は母の身になって、つまり憑依して初めて、言語を習得する。その前に、母も幼子の身になっているのである。憑依と憑依が言語を可能にしているのである。だからこそやがて「私」という一人称を獲得できるようになるのだ。誰もが「私」であるということは、ほんとうは恐怖すべき奇跡であると言わなければならない。誰もが誰にもなれるということなのだから。しかも、その「私」が「私」になるのは、場――歴史――の理解によって初めて可能なのである。逆に言えば、場を理解することなく「私」は「私」ではありえないのだ。私は、超越論的な次元に身を置かなければ――すなわち他者の次元に身を置かなければ――言語を用いることができない。

　現在までのところ、俳句という文学形式はただ芭蕉のためにあったのではないか、とさえ思わせるほどなのだが、長谷川櫂の文章はそういうことについて深く考えさせる。これはおそらく長谷川櫂自身が芭蕉の身になろうとしているからである。芭蕉と同じように発句を作り歌仙を巻く立場に立とうとしている。そこから発想している。それが理解を深いものにしているのだが、しかしこの逸材にはなさねばならないことが山積している。その山積している仕事の目録が『俳句の宇宙』であると言っていい。季語の問題にしても、エズラ・パウンドの問題――海外におけるハイクの問題――にしても、いまなお解決されているわけではない。

『俳句の宇宙』、『古池に蛙は飛び込んだか』、『「奥の細道」をよむ』は、ほぼ三部作のようなものだが、しかし、つねに冒頭に引き返す趣になっている。その後に『和の思想』（二〇〇九年）、『子規の宇宙』（二〇一〇年）——写生から即事へいたる子規の展開が鮮やかに説かれている——という、きわめて魅力的な書も刊行されているが、三部作が主筋であるとすれば、やはり脇筋というか、変奏である。それぞれ含蓄が深いが、俳人・長谷川櫂の出発点は『俳句の宇宙』にあるという事実は揺るがない。その『俳句の宇宙』を理解するためにも三部作の全体が繰り返し参照されなければならないという事実も揺るがない。

たとえば『「奥の細道」をよむ』は、『奥の細道』がじつは歌仙を模しているという驚異的な事実を指摘して読者を驚かせた——同種の指摘がなかったわけではないが、説得力において上回っている——のだが、言語が場によってのみ働くという事実と歌仙の場がどのようにかかわっているか、そして芭蕉が、発句の名手としてではなく、歌仙のすぐれた捌き手として自負していた事実と、それがどのように関連するのか、要するに、芭蕉の言語哲学のなかで歌仙はどのような位置を占めるのか、いまなお分明になってはいないと思われる。『俳句の宇宙』にはその問題もまた示唆されているのである。

芭蕉の眼目は発句にではなく歌仙にこそあるとはいまではほとんど常識である。だが、にもかかわらず、七部集であれ、そのほかの歌仙であれ、現在ただいま多くの人々に愛好されているかと言えば、私は首を傾げる。

一九九〇年代の昔になるが、安東次男の旧作『芭蕉連句評釈』二巻が文庫本になって、識者のあいだで話題になったことがある。安東次男は『芭蕉七部集評釈』正続二巻を絶版にしたうえで、新釈を書き継ぎ、『連句入門』、『風狂始末』、『続風狂始末』、『風狂余韻』と四冊の単行本を上梓し、それをさらに『連句入門』および『芭蕉連句評釈』上下の計三冊の文庫本にまとめた。結果的に『芭蕉七部集評釈』で扱った十三の歌仙すべてを新釈してみせたのである。

これはまことに緻密な、また大胆な新釈の連続で、歌仙を巻く現場に人を引き込む迫力は旧釈をさらに上回る力作であって、まさに感嘆するほかないのだが、ここで触れるのはしかし、その迫力が素人の私などの身にはいささか息苦しいとしか思えないからである。よくぞここまで調べた、のみならず、そのようにして座の雰囲気、連衆の内心の葛藤までよくぞ浮き彫りにしたものと、ほとんど呆然とするほどなのだが、しかし、だからこそいまさら同じ流儀で歌仙を巻こうとはまったく思わせない。いや、むしろできはしないと、はなから思わせられるのである。

安東次男は、「別座鋪の巻」を評した「深川のあじさい」(『連句入門』)で、柳田国男の『俳諧評釈続篇』を引いて、「『深川のあじさい』を云うなら、なぜそれが俳諧の趣向になったのかを問わねば何にもなるまい。俳諧は民俗学の標本採集の場ではないのだ」と一蹴しているが、これは安東次男のほうが見当違いである。柳田国男は「近代生活誌の切れ切れの資料を、俳諧の中から見つけ出さうといふのが」動機だったと「はしがき」で明言しているからだ。そうして、これはたとえば『俳諧評釈』のほうで、「早苗舟の百韻」を取り上げ、最初に次のように述べているのである。

> この作品の公表に先だつては、師翁も恐らくは推敲に参与して居られる。句の表に翁の名が現はれぬために、今までやゝ之を粗略に見て居たのはまちがひであつた。炭俵の平明主義に、果たして何の弱点も無いかどうか。それを検するには是こそは与へられたる資料である。私たちの率直な疑ひは、古い関西の門人が不満を抱き、又後世の者の眼から見ても、何か退歩のやうに感じられる炭俵の低調ぶりが、どうして江戸派の特色となつてしまひ、終には全国を席巻するまでになつたかといふことであるが、是は恐らくは俳諧の普及、今いふ民主化の免れ難い運命だつたのであらう。手短かに言つて見るならば、相手の理解しない句を出し

て見ても、連句になる気遣ひは無いからである。芭蕉はさうしてまでも、世の中と共に押移らうといふ気はもたれなかつたらうが、翁を囲繞した人たちの顔触れは、次々と変つて来て居り、彼等の境涯は又追々に新しかつた。問題は結局この新しい生活をする者に、俳諧を愛することを許すか否かに帰着したのであらう。野坡たち三人の態度は面白いほど自由であつた。我々も亦之に対して、少しも囚はれずに批判をしてよいのであらう。さうして何が足らなかつたかを気づいて行くことも、亦一つの供養であらう。

柳田国男が子規、虚子に必ずしも点数が甘くなかったことは指摘するまでもない。引用からも、子規が俳諧を俳句にあらため――つまり歌仙を排して発句にしぼり――、虚子がそれを、柳田風に言えばまさに「民主化」してしまったことの原因を、柳田が遠く芭蕉自身に求めていることを窺うことができる。むろん「芭蕉はさうしてまでも、世の中と共に押移らうといふ気はもたれなかつたらうが」と断わってはいるが、断わっていることがかえって逆にそう思わせるのである。

『炭俵』に収められた「早苗舟の百韻」は、『炭俵』編者である利牛、野坡、孤屋三人の手になるが、そこには、芭蕉の始めた新風が歌仙には向いても百韻には向かないとする旧派の憶測に対する反証の意図が込められていたと柳田は述べている。柳田のこういった大局的な視点は私には貴重に思える。安東次男にもないわけではないが、あえて言えば、座に密着しすぎていて、当時の社会的かつ経済的な状況に眼を転じても――その博引傍証はかえって俳諧はまさに民俗学の標本採集の場であると思わせる――、あくまでも座の、また運座の機微を探るためであるという印象が拭えないのである。

　柳田国男の俳句批判は第二次大戦直後、一九四七年のものだが、二十一世紀の現在にこそよく当てはまると思える。「早苗舟の百韻」評釈の最後に、「古典は文芸の民主化にとつて、煩はしい拘束であることは疑ひないが、是は最小限度敬遠ぐらゐの所に止むべきものであつた。野坡等三人は幾分か之を畏遠して居る。又時あつては侮遠さへもしようとして居る。俳道零落の端緒を開いた者も彼等である」とある。痛烈な批判だ。日本の俳句の現状に対する、である。

　乱暴な議論をさらに進めることになるが、かりにいま歌仙再評価の座標を描くとすれば、安東次男と柳田国男がその両極を占めることになるだろう。ともに俳諧の本領は連句にあるのであって発句にあるのではないと確信している。またともに、連句の必然として古典の教養を重視している。だが決定的に違うのは、安東がいわば高踏的であるのに対して、柳田は庶民的であるという点だ。百韻に対する柳田の具体的な批判は、「能ふ限り感情の波瀾を低く小さくしようとして居ることで、従つて花月の座が鮮麗ならず、恋の句があまりに少なく、人事の特に微細なるものに眼を着けようとして、幾分か単調の弊に堕して居る」というのである。同じ古典重視とは言っても、安東のそれとは違う。柳田には「芭蕉の恋の句」というエッセイもあるが、本人の生き方は高踏的というほかないものであったにせよ、提唱した民俗学の狙いはあくまでも庶民的、常民的なのである。

だが、問題は、安東と柳田が両極をなすその歌仙再評価の座標軸の原点には、いまのところ誰もいないということである。焦点の不在と言ってもいい。むろん芭蕉が立つべきなのだが、柳田の言にしたがえば、志なかばにして早く死にすぎたのである。

私の考えでは、その地点にこそ、いま長谷川櫂が立つべきなのだ。
「古池や蛙飛びこむ水のおと」の一句を引っ提げて。

歌仙すなわち連句が現在ただいま多くの人々に愛好されているかと言えば首を傾げると先に述べたのは、長谷川櫂の言い方に倣えば、「古池や蛙飛びこむ水のおと」あるいは「閑さや岩にしみ入蟬の声」に匹敵するほどに人口に膾炙した歌仙があるか、ということに尽きる。一句を記憶するのと三十六句を記憶するのとでは話が違うと言われそうだが、そうではない。朔太郎、賢治、中也の詩ならば、一語一句記憶せずとも、「殺人事件」であれ、「無声慟哭」であれ、「一つのメルヘン」であれ、詩が全体として脳裏に刻まれる。だが、たとえば『冬の日』の冒頭、「狂句こがらしの身は竹斎に似たる哉」の巻でもいい、三十六句の全体を思い描くのは、専門家か、よほどの愛好者に限るのではないか。

　歌仙は一篇の詩ではない。三十六句の鎖である。むしろ一望できないところにこそその価値があるのだ。だが、かりに、長谷川櫂の言うとおり「古池や蛙飛びこむ水のおと」が芭蕉の覚醒を示し、その覚醒が、井筒俊彦の言うとおり「『本質』の次元転換の微妙な瞬間が間髪を容れず詩的言語に結晶する」その瞬間の発見、その瞬間の掌握を意味するのであるとすれば、歌仙もまた同じ感動を与えるべきものでなければならない。人口に膾炙した歌仙と言ったが、これはむしろ誤りであって、たとえば「閑さや岩にしみ入蟬の声」に匹敵する感動を与える歌仙と言ったほうがいい。そういう歌仙があるとすれば、それは記憶されるに決まっているのだ。いずれにせよ、少なくともそういう、あえて言えば「深閑として空しい大きな」歌仙があってもいいのではないか。あるべきなのではないか。それとも、集団制作においてそれは、およそ望みえないということなのだろうか。もしそうだとすれば、それはなぜか。

安東次男も柳田国男も、こういった問いには答えていない。いや、問いそのものがない。問うこと自体に意味を認めていないのだ。問いは、ひとりの人間がひとつの詩を作るという場合——まさに近代的個人の芸術の場合——にのみ成立すると考えているからである。だが、だとすれば、発句にではなく、歌仙に重きを置いた芭蕉が見出した「古池や蛙飛びこむ水のおと」や「閑さや岩にしみ入蟬の声」の境地は、いったい何のためのものだったのか。その境地がただ発句においてのみ成立するものであったのだとすれば。

長谷川櫂は、『「奥の細道」をよむ』の最後で「かるみ」に触れている。「不易流行」と「かるみ」こそ、『奥の細道』が達成したものなのだ。だが、三十六句の鎖が「かるみ」によって連なるとはいったいどういうことなのか。その「かるみ」が「古池や蛙飛びこむ水のおと」や「閑さや岩にしみ入蟬の声」の境地を経たものであるとすれば、以後の歌仙は必然的に『奥の細道』を凌駕する歌仙にならなければならないはずではないか。

『俳句の宇宙』から始まる長谷川櫂の三部作は、私にこういったことを考えさせずにおかない。そして、こういったことを考えさせる俳書は、稀だ。

私の眼には、なさねばならない仕事の総量を見積もるならば、長谷川櫂の仕事はいま始まったばかりのように見える。
『俳句の宇宙』はその始まりの始まりを示しているのである。

（二〇一三年六月）

坊主。貞享2年ごろ芭蕉入門。俗世にとらわれず、同門の非難を浴びた。句には自由な別天地がある。「鳥共も寝入てゐるか余吾の海」。 129

わ行

ワイルド（オスカー・フィンガル・オフラハーティー・ウィルス・ワイルド　Oscar Fingal O'Flahertie Wills Wilde　1854–1900）イギリスの小説家、劇作家、詩人。 37

ま行 **マラルメ**（ステファーヌ・マラルメ　Stéphane Mallarmé　1842–98）フランスの象徴派詩人。 98

丸山真男（まるやま・まさお　1914–1996、大正 3– 平成 8）政治学者。日本政治思想史に新生面をひらく。 84

源義仲（みなもとのよしなか　1154–84、久寿 1– 寿永 3）平安末期の武将。木曽義仲とも。平氏討伐の兵を挙げ入洛を果たすが、後白河法皇と対立。源義経らの大軍に追われ近江国粟津で戦死。 128, 145

宮沢賢治（みやざわ・けんじ　1896–1933、明治 29– 昭和 8）詩人、童話作家。岩手県花巻の人。 35

守武（荒木田守武　あらきだ・もりたけ　1473–1549、文明 5– 天文 18）室町後期の伊勢神宮の神官で連歌の名手。山崎宗鑑とともに俳諧の祖といわれる。「あをやぎをまゆかくきしのひたひかな」。 98

や行 **野水**（岡田野水　おかだ・やすい　?–1743、?– 寛保 3、享年 86）名古屋大和町の呉服商。惣町代（今の助役）。俳諧は『阿羅野』が全盛期だった。「松明《たいまつ》にやま吹うすし夜のいろ」。晩年は表千家を名古屋に広めた。 164

山本健吉（やまもと・けんきち 1907–88、明治 40– 昭和 63）文芸評論家。長崎市生まれ。日本の古典文学、また現代俳句についての評論が名高い。 7, 52

ら行 **路通**（斎部路通　いんべ・ろつう　1649–1738、慶安 2– 元文 3）放浪の乞食

野赤坂町生まれ。貞門・談林俳諧の中から蕉風俳諧を確立。晩年は軽みを求めた。俳句史上最大の人物。門人は多彩。「文月や六日も常の夜には似ず」。
7, 112, 117, 126, 164, 188

麥丘人（星野麥丘人　ほしの・ばくきゅうじん　1925–2013、大正 14– 平成 25）俳人。東京生まれ。石田波郷門。「子が無くて夕空澄めり七五三」　153

久女（杉田久女　すぎた・ひさじょ　1890–1946、明治 23– 昭和 21）俳人。鹿児島市生まれ。「ホトトギス」同人だったが、のち除名。句はめりはりが効いている。「朝顔や濁り初めたる市の空」。　72

フェノロサ（アーネスト・フランシスコ・フェノロサ　Ernest Francisco Fenollosa　1853–1908）アメリカの哲学者、美術研究家。明治政府の「お雇い外国人教授」として来日。荒廃した日本美術の復興に努めた。　99

蕪村（与謝蕪村　よさ・ぶそん　1716–83、享保 1– 天明 3）江戸中・後期の俳人、画家。蕉風の復興を唱えたが、平明で絵画的な作風には近代の萌芽が見られる。「腰ぬけの妻うつくしき炬燵《こたつ》かな」。　117, 200

史邦（中村史邦　なかむら・ふみくに　生没年不明）尾張犬山の人。『猿蓑』の有力俳人だったが、のち芭蕉を離れてから生彩を失った。「はてもなく瀬のなる音や秋黴雨《つい》り」。　134

フリント（フランク・スチュワート・フリント　Frank Stewart Flint　1885–1960）イギリスの詩人、翻訳家。イマジズム運動の主導者のひとり。98

凡兆（野沢凡兆　のざわ・ぼんちょう　?–1714、?– 正徳 4、享年不詳）加賀金沢の人。京で医を業とした。去来と『猿蓑』を編集。感覚的句風で質感の把握にすぐれたが、芭蕉を離れてから精気を失う。のち罪に坐して入牢、出獄後は大坂に住んだ。「ながながと川一筋や雪の原」。110, 117, 124

ディキンソン(エミリィ・ディキンソン　Emily Dickinson　1830–86) アメリカの詩人。明晰で激しい形而上詩を書いた。　114

兜太(金子兜太　かねこ・とうた　1919–2018、大正 8– 平成 30) 俳人。加藤楸邨門。戦後の社会性俳句、前衛俳句の旗手のひとり。のち、次第に伝統俳句へ回帰。「銀行員等朝より蛍光す烏賊のごとく」。　179

杜国(坪井杜国　つぼい・とこく　?–1690、?– 元禄 3) 名古屋の裕福な米商だったが空米事件で伊良湖に隠棲。『笈の小文』の旅の芭蕉に伴って吉野、須磨、明石を遍歴。句は才気があるが素朴。「吉野出て布子売たし衣がへ」。
164

な行　**新倉俊一**(にいくら・としかず　1930–2002、昭和 5– 平成 14) 英文学者。明治学院大教授。　98

能因(のういん　998–1050、長徳 4– 永承 5) 平安中期の歌人。各地を旅した。「数寄の遁世」の先駆者。「心あらむ人に見せばや津の国の難波わたりの春のけしきを」。　146, 198

は行　**パウンド**(エズラ・ルーミス・パウンド　Ezra Loomis Pound　1885–1972) アメリカの詩人、批評家。イマジズム運動のリーダー。　97

波郷(石田波郷　いしだ・はきょう　1913–69、大正 2– 昭和 44) 俳人。愛媛県生まれ。人間探求派のひとり。韻文精神の徹底を説いた。戦中、戦後、長い療養生活を送った。「七夕竹惜命の文字隠れなし」。「鶴」を主宰。
31, 47, 125, 149

芭蕉(松尾芭蕉　まつお・ばしょう　1644–94、寛永 21– 元禄 7) 伊賀国上

世阿弥（ぜあみ　1363–1443、正平18・貞治2–嘉吉3）室町時代の能役者、謡曲作者。幽玄を土台にすえて能楽を大成。　103

誓子（山口誓子　やまぐち・せいし　1901–94、明治34–平成6）俳人。虚子門「四S」のひとり。のち「馬酔木」に加わる。句は即物的かつ分析的。「七月の青嶺まちかく熔鉱炉」。新興俳句運動の引き金となる。戦後「天狼」主宰。　202

青畝（阿波野青畝　あわの・せいほ　1899–1992、明治32–平成4）俳人。虚子門「四S」のひとり。もともと主情の強い人だったが写生に徹した。おのずから句は柔らかみをもつ。「さみだれのあまだればかり浮御堂」。「かつらぎ」主宰。　151

石鼎（原石鼎　はら・せきてい　1886–1951、明治19–昭和26）俳人。飯田蛇笏らとともに大正俳句の最高峰を築く。句は格調高く、かつ艶がある。「秋風や模様のちがふ皿二つ」。　173

禅寺洞（吉岡禅寺洞　よしおか・ぜんじどう　1889–1961、明治22–昭和36）俳人。無季、自由律を唱え新興俳句運動を推進。「季節の歯車を　早くまわせ　スイートピーを　まいてくれ」。　77

草城（日野草城　ひの・そうじょう　1901–56、明治34–昭和31）俳人。虚子門から出発。新興俳句運動を推進。戦時中、官憲の弾圧を受ける。句は才気煥発のち悲傷の度を深める。「夏の雨きらりきらりと降りはじむ」。　77

た行

田辺聖子（たなべ・せいこ　1928–、昭和3–）小説家。大阪生まれ。日本古典の案内書も多い。　72

秋桜子（水原秋桜子　みずはら・しゅうおうし　1892–1981、明治 25– 昭和 56）俳人。師・虚子の説く客観写生の枠に収まり切らず「『自然の真』と『文芸上の真』」を発表、「ホトトギス」から独立。昭和の俳句を押し開いた。句は印象派風。「啄木鳥《きつつき》や落葉をいそぐ牧の木々」。　39, 90

重五（加藤重五　かとう・じゅうご　?–1717、?– 享保 2、享年 64）名古屋の材木商。蕉門。「夏川の音に宿かる木曽路哉」。　164

寿貞（じゅてい　?–1694、?– 元禄 7 年、享年不詳）野坡の話として伝わるところによると「翁の若き時の妾にて、とく尼になりしなり」（風律『小ばなし』）。元禄六年ごろから江戸深川の芭蕉庵の近くに住んでいたが、元禄 7 年、芭蕉が上方へ発ったあと同庵に移り 6 月 2 日ごろ死亡。　126

丈草（内藤丈草　ないとう・じょうそう　1662–1704、寛文 2– 宝永 1）尾張犬山藩士だったが病弱のため出家。元禄 2 年、芭蕉に入門。湖南に住む。芭蕉没後、3 年の喪に服し、遺風をもっともよく伝えた。ユーモラスな面も。「水底を見て来た皃の小鴨哉」。　24, 136

正平（小池正平　こいけ・しょうへい　生没年不明）尾張の人。『冬の日尾張五哥仙』の「狂句こがらしの巻」の筆記係。　164

素十（高野素十　たかの・すじゅう　1893–1976、明治 26– 昭和 51）俳人。茨城県生まれ。虚子が説いた客観写生を実践。句は即物的かつ深みがある。秋桜子、青畝、誓子とともに「四Ｓ」と呼ばれた。「夕霰枝にあたりて白さかな」。　14, 90

澄雄（森澄雄　もり・すみお　1919–2010、大正 8– 平成 22）戦後を代表する俳人。人間探求派、加藤楸邨門下から出発、なつかしくひろやかな境地を開いた。「白をもて一つ年とる浮鷗」。　47

で1158年に譲位。以後、5代34年間、院政をしく。武門台頭の時代に権謀術数を用いて朝廷の保力を図った。頼朝にいわせると「日本一の大天狗」。音楽の才がすぐれ今様集『梁塵秘抄』を撰。 130

さ行

西行（さいぎょう　1118–90、元永1–建久1）平安後期の歌人。佐藤義清《のりきよ》。北面の武士だったが23歳で突然、出家。仏法修行と歌に専念、各地を旅した。「鈴鹿山うき世をよそにふり捨てて　いかになり行くわが身なるらむ」。 131, 145, 146, 198

咲子（金田咲子　かなだ・さきこ　1948–、昭和23–）俳人。長野の人。「少年のごとくに雛の間をよぎる」。 181

実方（藤原実方　ふじわらのさねかた　?–998、?–長徳4）平安中期の歌人。摂関家の才子だったが、藤原行成と殿上で口論、冠を打ち落とすという事件があり、帝の「歌枕みて参れ」の一言で陸奥守に左遷。再び都を見ることはなかった。「五月闇くらはし山の時鳥おぼつかなくも鳴き渡るかな」。 145, 146

紫逢（大庭紫逢　おおば・しおう　1947–、昭和22–）俳人。横浜生まれ。「鬱然と写楽の鼻の寒きかな」。 43

子規（正岡子規　まさおか・しき　1867–1902、慶応3–明治35）俳人、歌人。愛媛県松山市の生まれ。俳句、短歌の革新者。古典のしがらみを離れ現実に即すること、すなわち写生を説いた。「いくたびも雪の深さをたづねけり」。 8, 19, 59, 117, 201, 202

支考（各務支考　かがみ・しこう　1665–1731、寛文5–享保16）美濃の人、蕉門きっての論客。また野心家。美濃派の祖。句は平明。「馬の耳すぼめて寒し梨の花」。 8

を巻く。続けて『春の日』『阿羅野』も編集。のち芭蕉から離反。「こがらしに二日の月のふきちるか」の句で「凩《こがらし》の荷兮」との異名をとる。　164

瓜人（相生垣瓜人　あいおいがき・かじん　1898–1985、明治31–昭和60）俳人。兵庫県生まれ。句は漢文訓読風スタイルで脱俗的。「彷徨をのみ事とする数蟻《すうぎ》あり」。「瓜人仙境」とも。　36

其角（宝井其角　たからい・きかく　1661–1707、寛文1–宝永4）江戸の人。蕉門の筆頭。14、5歳で入門。嵐雪とともに『虚栗《みなしぐり》』を編集。豪放な都会的才人。芭蕉没後、洒落風に。「声かれて猿の歯白し峰の月」。　8, 128

虚子（高浜虚子　たかはま・きょし　1874–1959、明治7–昭和34）俳人。愛媛県松山市生まれ。「ホトトギス」を主宰、有季定型、客観写生、花鳥諷詠を説いた。多数の逸才を輩出。「遠山に日の当りたる枯野かな」。
19, 73, 117, 151, 171, 202

去来（向井去来　むかい・きょらい　1651–1704、慶安4–宝永1）長崎の人、京に住む。『猿蓑』は、この人と凡兆の編集。蕉門一の勉強家。句は厚みがある。『去来抄』などの著作で芭蕉の言葉を多く伝える。「うごくとも見えで畑うつ男かな」。　117, 138, 188

桑原武夫（くわばら・たけお　1904–88、明治37–昭和63）フランス文学者、評論家。昭和21年に発表した「第二芸術論」は俳壇に衝撃を与えた。
62, 95

古郷（五十崎古郷　いかざき・こきょう　1896–1935、明治29–昭和10）俳人。愛媛県生まれ。結核で闘病生活を送った。石田波郷の師。「星空に実を垂れそろふ梓《あずさ》かな」。　158

後白河天皇（ごしらかわてんのう　1127–92、大治2–建久3）在位2年

人名　略伝と索引

本文中の主要な人名を五十音順に掲げ、略伝を付した。
また各項目末尾の数字はその人物について言及されている箇所のページ数を指す。

あ行

荒川洋治（あらかわ・ようじ　1949–、昭和 24–）詩人。福井県三国町の生まれ。評論も。　152

安東次男（あんどう・つぐお　1919–2002、大正 8– 平成 14）詩人、評論家。岡山県生まれ。芭蕉をはじめとする古典俳句評釈の仕事がある。自ら句作も。「てつせんのほか蔓ものを愛さずに」。　115, 164

池澤夏樹（いけざわ・なつき　1945–、昭和 20–）小説家。ギリシャ現代詩の翻訳もある。　176

惟然（広瀬惟然　ひろせ・いぜん　?–1711、?– 正徳 1）美濃国関の造酒屋の三男。元禄元年、芭蕉に入門。各地を放浪、句は軽妙。「蜻蛉《とんぼう》や日は入《いり》ながら鳰《にお》のうみ」。　141

ウィリアムズ（ウィリアム・カーロス・ウィリアムズ　William Carlos Williams 1883–1963）アメリカの詩人、小説家。初めイマジズムの影響を強く受けるが、のち日常語で日常生活を把える無韻無連のリズムを作り上げた。『ブリューゲルの絵その他の詩』（アスフォデルの会編訳、国文社）。　114

か行

荷兮（山本荷兮　やまもと・かけい　1648–1716、慶安 1– 享保 1）名古屋の医師。初め貞門。貞享元年（1684 年）芭蕉を迎え、『冬の日　尾張五哥仙』

『俳句の宇宙』　花神社、一九八九年刊

中公文庫

俳《はい》句《く》の宇《う》宙《ちゅう》

2013年７月25日　初版発行
2019年３月30日　再版発行

著　者　長《は》谷《せ》川《がわ》櫂《かい》

発行者　松田陽三

発行所　中央公論新社
〒100-8152　東京都千代田区大手町1-7-1
電話　販売 03-5299-1730　編集 03-5299-1890
URL http://www.chuko.co.jp/

印　刷　三晃印刷
製　本　小泉製本

Published by CHUOKORON-SHINSHA, INC.
Printed in Japan　ISBN978-4-12-205814-9 C1192

各書目の下段の数字はＩＳＢＮコードです。978‐4‐12が省略してあります。

中公文庫既刊より

い-3-3 スティル・ライフ 池澤夏樹

ある日ぼくの前に佐々井が現われ、ぼくの世界を見る視線は変った。しなやかな感性と端正な成熟が生みだす青春小説。芥川賞受賞作。〈解説〉須賀敦子

201859-4

お-10-3 光る源氏の物語（上） 大野晋／丸谷才一

当代随一の国語学者と小説家が、全巻を縦横無尽に読み解き丁々発止と意見を闘わせた、斬新で画期的な『源氏論』。読者を難解な大古典から恋愛小説の世界へ。

202123-5

お-10-4 光る源氏の物語（下） 大野晋／丸谷才一

『源氏』は何故に世界に誇りうる傑作たり得たのか。詳細な文体分析により紫式部の深い能力を論証する。『源氏』解釈の最高の指南書。〈解説〉瀬戸内寂聴

202133-4

ま-17-9 文章読本 丸谷才一

当代の最適任者が多彩な名文を実例に引きながら文章の本質を明かし、作文のコツを具体的に説く。最も正統的で実際的な文章読本。〈解説〉大野　晋

202466-3

ま-17-11 二十世紀を読む 丸谷才一／山崎正和

昭和史と日蓮主義から『ライフ』の女性写真家まで、皇女から匪賊まで、人類史上全く例外的な百年を、大知識人二人が語り合う。〈解説〉鹿島　茂

203552-2

ま-17-12 日本史を読む 丸谷才一／山崎正和

37冊の本を起点に、古代から近代までの流れを語り合う。想像力を駆使して大胆な仮説をたてる、談論風発、実に面白い刺戟的な日本および日本人論。

203771-7

ま-17-13 食通知つたかぶり 丸谷才一

美味を訪ねて東奔西走、和漢洋の食を通して博識が舌上に転がすは香気充庖の文明批評。序文に夷齋學人・石川淳、巻末に著者がかつての健啖ぶりを回想。

205284-0

ま-17-14
文学ときどき酒　丸谷才一対談集
丸谷才一

吉田健一、石川淳、里見弴、円地文子、大岡信ら一流の作家・評論家たちと丸谷才一が杯を片手に語り合う。最上の話し言葉に酔う文学の宴。〈解説〉菅野昭正

205500-1

た-30-6
鍵　棟方志功全板画収載
谷崎潤一郎

妻の肉体に死をすら打ち込む男と、死に至るまで誘惑することを貞節と考える妻。性の悦楽と恐怖を限界点まで追求した問題の長篇。〈解説〉綱淵謙錠

200053-7

た-30-7
台所太平記
谷崎潤一郎

若さ溢れる女性たちが惹き起す騒動で、千倉家のお台所はてんやわんや。愛情とユーモアに満ちた筆で描く抱腹絶倒の女中さん列伝。〈解説〉阿部　昭

200088-9

た-30-10
瘋癲《ふうてん》老人日記
谷崎潤一郎

七十七歳の卯木は美しく驕慢な嫁颯子に魅かれ、変形的間接的な方法で性的快楽を得ようとする。老いの身の性と死の対決を芸術の世界に昇華させた名作。

203818-9

た-30-11
人魚の嘆き・魔術師
谷崎潤一郎

愛親覚羅氏の王朝が六月の牡丹のように栄え耀いていた時分——南京の貴公子の人魚への讃嘆、また魔術師と半羊神の妖しい世界に遊ぶ。〈解説〉中井英夫

200519-8

た-30-13
細　雪（全）
谷崎潤一郎

大阪船場の旧家蒔岡家の美しい四姉妹を優雅な風俗・行事とともに描く。女性への永遠の願いを〝雪子〟に託す谷崎文学の代表作。〈解説〉田辺聖子

200991-2

た-30-19
潤一郎訳　源氏物語　巻一
谷崎潤一郎

文豪谷崎の流麗完璧な現代語訳による日本の誇る古典。日本画壇の巨匠14人による挿画入り絵巻。本巻は「桐壺」より「花散里」までを収録。〈解説〉池田彌三郎

201825-9

た-30-20
潤一郎訳　源氏物語　巻二
谷崎潤一郎

文豪谷崎の流麗完璧な現代語訳による日本の誇る古典。日本画壇の巨匠14人による挿画入り。本巻は「須磨」より「胡蝶」までを収録。〈解説〉池田彌三郎

201826-6

各書目の下段の数字はISBNコードです。978-4-12が省略してあります。

た-30-21　潤一郎訳 源氏物語 巻三　谷崎潤一郎

文豪谷崎の流麗完璧な現代語訳による日本の誇る古典。日本画壇の巨匠14人による挿画入り絵巻。本巻は「螢」より「若菜」までを収録。〈解説〉池田彌三郎

201834-1

た-30-22　潤一郎訳 源氏物語 巻四　谷崎潤一郎

文豪谷崎の流麗完璧な現代語訳による日本の誇る古典。日本画壇の巨匠14人による挿画入り絵巻。本巻は「柏木」より「総角」までを収録。〈解説〉池田彌三郎

201841-9

た-30-23　潤一郎訳 源氏物語 巻五　谷崎潤一郎

文豪谷崎の流麗完璧な現代語訳による日本の誇る古典。日本画壇の巨匠14人による挿画入り絵巻。本巻は「早蕨」から「夢浮橋」までを収録。〈解説〉池田彌三郎

201848-8

た-30-24　盲目物語　谷崎潤一郎

長政・勝家二人の武将に嫁し、戦国の残酷な世を生きた小谷方と淀君ら三人の姫君の境涯を、盲いの法師が絶妙な語り口で物語る名作。〈解説〉佐伯彰一

202003-0

た-30-25　お艶殺し　谷崎潤一郎

駿河屋の一人娘お艶と奉公人新助は雪の夜駈落ちした。幸せを求めた道行きだった筈が……。芸術とは何かを探求した「金色の死」併載。〈解説〉佐伯彰一

202006-1

た-30-26　乱菊物語　谷崎潤一郎

戦乱の室町、播州の太守赤松家と執権浦上家の確執を史的背景に、谷崎が〝自由なる空想〟を繰り広げた伝奇ロマン（前篇のみで中断）。〈解説〉佐伯彰一

202335-2

た-30-27　陰翳礼讃　谷崎潤一郎

日本の伝統美の本質を、かげや隈の内に見出す「陰翳礼讃」「厠のいろいろ」を始め、「恋愛及び色情」「客ぎらい」など随想六篇を収む。〈解説〉吉行淳之介

202413-7

た-30-28　文章読本　谷崎潤一郎

正しく文学作品を鑑賞し、美しい文章を書こうと願うすべての人の必読書。文章入門としてだけでなく文豪の豊かな経験談でもある。〈解説〉吉行淳之介

202535-6